De Cock en het dodelijk akkoord

A. C. Baantjer

De Cock
en het dodelijk akkoord

Fontein Paperback

Eerste druk 1980
Zestiende druk 2000

ISBN 90 261 0164 3

Omslag: Studio Myosotis

1

Jan-Willem Hoffmann staarde met verwonderde blik naar de hand voor hem, waarin een pistool zat geklemd, de loop dreigend op hem gericht. Het beeld werd in zijn geest plotseling duizend maal vergroot. Een enorme vuurmond met duidelijke contouren van trekken en velden. Hij zag hoe daarachter de knokkels wit werden toen de hand zich vaster om het wapen sloot. In een trage reactie bracht hij zijn eigen handen iets omhoog, de handpalmen naar voren, de vingers wijd gespreid. Toen blafte het pistool, spuwde vuur... eenmaal, tweemaal... driemaal.
Hij voelde hoe zijn lichaam schokte toen de kogels zijn borst binnendrongen. In een groteske beweging zakte hij ineen, plofte op het fijne grind van het pad. Op zijn glanzend vet gezicht lag een trek van ongeloof en verbazing. Het verstarde in de dood.

Rechercheur De Cock van het bekende politiebureau aan de Amsterdamse Warmoesstraat sjokte met zijn handen diep in de zakken van zijn oude regenjas over het Damrak. Plukken grijs haar puilden van onder zijn vettige vilten hoed. Op zijn breed gezicht lag een sombere trek. De vriendelijke accolades rond de mond hadden hun dartele boogjes verloren. Ze stonden strak. Nors. De jonge Vledder stapte naast hem voort. Zo nu en dan keek hij zijn leermeester van terzijde aan.
'Heb je de smoor in?'
De grijze speurder antwoordde niet. Hij boog het hoofd wat dieper. Er stond een straffe wind, vermengd met vlagen regen. De winter trok zich woedend terug voor de opdringende lente.
Bij het Victoria-hotel sloegen ze linksaf. Op de Prins Hendrikkade leek de wind nog feller. De Cock greep haastig naar zijn hoed, die voor het stormgeweld dreigde te moeten zwichten. Hij vloekte binnensmonds.
Vledder grijnsde breed.
'Je hebt de smoor in,' stelde hij bijna vrolijk vast. 'Ik zie het duidelijk.'
De Cock keek naar hem op.
'En sinds wanneer is dat verboden?'
Het klonk ongemeen fel.

Vledder trok zijn brede schouders op.
'Je zou er mee kunnen beginnen,' sprak hij rustig, 'om mij te vertellen wat er aan de hand is. Sinds vanmorgen loop je rond met een gezicht van oude lappen en je scheldt en gromt op iedereen, die maar bij je in de buurt komt. Die arme Frans van de administratie moest het ook al ontgelden.'
De Cock bromde.
'Ik weet zeker, dat wij die Jan-Willem Hoffmann ergens voor hebben gehad. Er staat mij iets van bij, dat hij een keer bij ons aan de Warmoesstraat is geweest. Ik weet alleen niet meer waarvoor.'
'Die jongen heeft de hele administratie voor je omgespit. Hij komt bij ons in het systeem niet voor. Ik denk, dat je je vergist.'
De Cock schudde resoluut zijn hoofd.
'Ik vergis mij niet.'
'Het kan toch?'
De Cock snoof. Zijn neusvleugels trilden.
'Beslist niet. Ik heb de kleurenfoto van die dode Hoffmann goed bekeken. Ik heb dat pafferige gezicht eerder gezien. Dat weet ik zeker.'
Vledder keek hem wat verward aan.
'Waarom interesseer jij je voor die dode Hoffmann? Hij werd op een grindpad in het Rembrandtpark dood gevonden. Ver van de oude binnenstad. Het is het zesde district, het ressort van het politiebureau aan de Lodewijk van Deysselstraat. Daar hebben we aan de Warmoesstraat niets mee te maken.'
De Cock bleef staan; plantte driftig zijn hoed weer stevig op zijn hoofd.
'Ik heb er ook niets mee te maken,' reageerde hij scherp. 'En ik wil er in feite ook niets mee te maken hebben.'
Hij wreef met de rug van zijn hand langs zijn lippen. Zijn gezicht ontspande. Zijn toon werd milder. 'Die Jan-Willem Hoffmann is... of beter gezegd... was de schoonzoon van Handige Henkie.'
Vledder keek hem verrast aan.
'De inbreker?'
De Cock knikte traag.
'De ex-inbreker. Handige Henkie heeft al vele jaren geleden een punt achter zijn criminele activiteiten gezet. Mede door mijn toedoen. Ik had destijds nogal wat invloed op hem. Hij is daarna ook nooit meer met politie en justitie in aanraking geweest.'

Vledder trok een dwarse denkrimpel in zijn voorhoofd.
'Die Hoffmann,' sprak hij onzeker, 'was toch directeur van een of andere bankinstelling?'
De Cock schonk hem een matte glimlach.
'Je wilt zeggen: hoe komt de dochter van een ordinaire inbreker aan een man met zo'n positie?'
'Inderdaad.'
'Jozefien ter Haar was een begaafd kind. Ze had een goed stel hersens. En dat gebruikte ze ook. Na haar examen Havo volgde ze een opleiding tot secretaresse en kwam bij de bank.'
'Waar ze Hoffmann ontmoette.'
'Precies. Zo simpel is het.'
Ze liepen weer verder. Zwijgend. De wind nam nog toe, joeg over het open havenfront. Regen kletterde in hun gezicht. Het was Vledder, die het zwijgen verbrak.
'Heeft Handige Henkie er iets mee te maken?'
'Met de moord op Hoffmann?'
'Ja.'
De Cock maakte een wrevelig gebaar.
'Hij kwam gisteravond bij mij thuis. Het was al laat. Mijn vrouw en ik wilden net naar bed. Ik was stomverbaasd toen ik Handige Henkie bij mij op de stoep aantrof. Ik had hem jaren niet gezien. Handige Henkie was erg overstuur, gespannen. Heel anders dan vroeger. Hij vertelde mij van het huwelijk van zijn dochter met Jan-Willem Hoffmann en vroeg mij of ik de behandeling van de moord wilde overnemen. Ik heb hem proberen uit te leggen, dat dat niet ging, dat het een zaak was van het zesde district. Hij bleef echter aandringen en zei, dat hij zich ernstig zorgen maakte over zijn dochter. Wat moest ik doen? Uiteindelijk heb ik toegestemd in een gesprek met Jozefien.'
Vledder, die zijn collega al heel lang kende, grinnikte zachtjes voor zich uit.
'Ik begrijp het. En daar heb je nu de smoor over in.'
De Cock zwaaide met zijn armen.
'Ik durfde niet goed 'nee' te zeggen. Ik wil ook wel graag iets voor Handige Henkie doen. Al was het maar uit sentimentele overwegingen. Ik heb hem in het verleden ook heel wat jaartjes lik* be-

* Bargoens voor gevangenisstraf.

zorgd. Maar ik voel er aan de andere kant bitter weinig voor om mijn ijverige collega's van de Lodewijk van Deysselstraat voor de voeten te lopen.' Hij zuchtte omstandig. 'Ik begrijp best wat Handige Henkie bezielt. Hij is bang, dat bij het onderzoek naar de moord op Jan-Willem Hoffmann zijn eigen crimineel verleden weer wordt opgerakeld en dat zijn dochter in opspraak komt. Bovendien is het beslist niet uitgesloten, dat Hoffmann zelf in moeilijkheden is geraakt. Er moet toch een reden voor zijn dat iemand hem drie kogels door het lijf joeg?' De grijze speurder bleef staan en keek omhoog. 'Hotel-restaurant 'De Bijenkorf',' las hij hardop en stapte naar binnen.
Vledder sprintte achter hem aan.
'Waar ga je heen?'
De Cock draaide zich half om.
'Jozefien... ik zou haar hier treffen.'

Ze hingen hun natte jas aan de kapstok en kozen een tafeltje bij het raam. Vledder en De Cock kwamen hier vaker. Wanneer de misdaad hen dwong over te werken, aten ze in restaurant 'De Bijenkorf'. Het genoot een zekere vermaardheid om haar Hollandse keuken.
Ze bestelden bij een deftige ober een kop koffie en keken naar buiten, naar de regendruppels, die door een felle wind dwars over het vensterglas werden gejaagd.
De Cock wreef zich in de handen en huiverde.
'Beestenweer,' mompelde hij voor zich uit en gromde. 'Ik had met dit weer, geloof ik, beter een ouderwets cognackie kunnen bestellen.'
Ineens keek hij op. Blij. Verrast. Met sierlijke tred stapte ze op hem toe; een mooie jonge vrouw met lang blond haar, wijd golvend tot op de schouders. Ze droeg een nauwsluitend mantelpakje van zacht glanzende zwarte stof, waarin de fraaie lijnen van haar figuur duidelijke accenten hadden.
De Cock herkende haar bijna niet. Hij had haar het laatst gezien toen ze een tiener was, en hij haar vader arresteerde. Het was een vreemde arrestatie geweest. Het flitste door hem heen. Handige Henkie had gehuild als een kind, en Jozefien had hem, De Cock, met een strak gezicht de plaats gewezen waar haar vader de gestolen bontmantels had verborgen. Langzaam kwam De Cock uit

zijn stoel overeind. Met een glimlach om de lippen stak ze hem haar hand toe.
'Dat is lang geleden, meneer De Cock.' Ze zwaaide met haar hoofd en haar lange haren wapperden. 'Ik denk, dat ik er toen anders uitzag.'
De Cock drukte de toegestoken hand.
'Als ik mij goed herinner, Jozefien, was je zeventien jaar toen je vader een vette streep zette onder een schitterende carrière.'
Ze trok haar neus op en snoof.
'Wat voor een carrière?'
Het klonk wat laatdunkend.
De Cock reageerde niet. Hij gebaarde in de richting van de jonge rechercheur en glimlachte.
'Dat is mijn waarde collega Vledder. Onvolprezen hulp en toeverlaat.'
Ze gaf ook hem een hand en ging tegenover de mannen aan het tafeltje zitten. De Cock nam haar nauwkeurig op. Ze was inderdaad uitgegroeid tot een mooie vrouw, constateerde hij. Ze had een lief ovaal gezicht. Alleen rond de mond lagen wat harde trekken.
Hij wees naar de jagende regendruppels op het raam.
'Jij bent zo te zien niet nat geworden.'
Ze schudde het hoofd. Rond de volle mond dartelde een glimlach. Het was prettig om te zien.
'Ik ben ook nog niet buiten geweest. Sinds de dood van mijn man heb ik mijn intrek hier in dit hotel genomen. Ik durf niet meer thuis te zijn.'
'Waarom niet?'
Ze beet op haar onderlip.
'Dat weet ik niet. Ik heb er geen redelijke verklaring voor. Ik heb na het bericht van zijn dood geen voet meer in huis gezet. Ik kan er gewoon niet toe komen.'
'Waar woon je?'
'In Amstelveen. We hebben daar een jaar of acht geleden een bungalow laten bouwen.'
'Je man is... was vermogend?'
Ze trok haar schouders op.
'Dat is moeilijk te zeggen. Het is nog zo kort geleden. Ik heb nog geen inzicht kunnen krijgen in hetgeen wij bezitten. Jan-Willem regelde altijd alle geldzaken. Ik heb mij daar nooit mee bemoeid.'

'Ben je in gemeenschap van goederen getrouwd?'
'Ja.'
'Heb je kinderen?'
Ze knikte wat triest voor zich uit.
'Twee. Een jongen van zeven en een meisje van vijf jaar. Schatten. Ik heb ze allebei zolang bij de ouders van Jan-Willem ondergebracht.'
De Cock keek haar aan, scherp, observerend.
'De kinderen zullen hun vader missen.'
Ze trok haar hoofd iets op. In haar staalblauwe ogen lag een waakzame blik.
'Ze kregen hun vader weinig te zien. Hij had het steeds te druk met zaken.'
De Cock beluisterde de bittere toon. Hij zag ook hoe haar gezicht was veranderd. De harde lijnen rond haar mond waren verscherpt.
'Jouw man,' vroeg hij vriendelijk, 'heb ik die wel eens in levenden lijve ontmoet?'
Ze haalde haar schouders iets op en spreidde haar handen. 'Niet dat ik weet. Misschien buiten mij om?'
De Cock gleed met zijn tong langs zijn lippen.
'Ik heb wel een foto van hem gezien,' sprak hij wat weifelend. 'Een politie-kleurenfoto, genomen kort na zijn dood.' Hij zweeg even; speelde met zijn handen. 'Ik besef uiteraard, dat iemand er na een gewelddadige dood niet op zijn voordeligst uitziet.' Het klonk haast spottend. 'Toch kan ik mij niet aan de indruk onttrekken, dat Jan-Willem Hoffmann ook tijdens zijn leven niet een... hoe zal ik het zeggen... aantrekkelijke man kon worden genoemd.'
Ze keek naar hem op. In haar staalblauwe ogen vlamde een vervaarlijk vuur.
'Je bedoelt te zeggen,' reageerde ze fel, scherp, 'dat ik Jan-Willem trouwde om andere redenen dan zijn eh... lichamelijke bekoorlijkheden?'
De Cock trok zijn mondhoeken iets op.
'Dat bedoel ik... inderdaad.'
Ze klemde haar lippen op elkaar. Haar handen balden zich tot vuisten. Ze trommelde er onbeheerst mee op het tafeltje voor haar.
'Ik zeg het je maar ronduit, De Cock,' sprak ze verbeten. 'Ik ben gekocht.'

De Cock keek haar secondenlang aan.
'Gekocht,' herhaalde hij traag.
Ze knikte heftig.
'Je wilt dat als vrouw nooit toegeven en het wordt ook altijd anders genoemd, maar ik ben gewoon gekocht. Zie je, Jan-Willem was niet getrouwd. En hij liep al tegen de veertig. Blijkbaar was er nog nooit een vrouw geweest die wat in hem zag. Toen ik als jong meisje op de bank kwam, nodigde hij mij uit voor een bezoek aan zijn ouders. Hij was toen al onderdirecteur en ik voelde mij door die uitnodiging wel gevleid. Zijn ouders stonden bekend als zeer rijke mensen. Na het diner namen ze mij apart. Het bleek, dat mijn bezoek zorgvuldig was voorbereid. Ze waren uitermate goed geïnformeerd. Ze wisten alles van mij... letterlijk alles... van mijn vader... hoe hij vroeger aan de kost kwam... van de armoede in mijn jeugd. Toen ze mij dit alles hadden verteld, deden ze mij een aanbod.'
Ze zweeg even; worstelde met een pijnlijke herinnering.
'Trouwen met Jan-Willem... en een verder leven in weelde.'
Ze schudde wild haar hoofd. De blonde haren wapperden, verspreidden een zoete geur van parfum.
'Begrijp me goed, ik wil er geen melodrama van maken. Ik was geen onschuldig meisje. Mijn ouders hadden mij vrij opgevoed, beslist niet preuts en ik had al ettelijke relaties met mannen gehad. Ik ben dan ook niet in de val gelokt... of iets dergelijks. Integendeel, ik wist op dat moment verdomd goed wat ik deed.'
De Cock keek naar haar op. 'Je ging op het aanbod in.'
Ze staarde triest voor zich uit en zuchtte diep.
'Och, weet je, de eerste jaren waren niet eens onaardig. Ik genoot van die extra vrijheid, die geld een mens nu eenmaal biedt. Ik kon mij van alles permitteren. En Jan-Willem? Wel, zoals je al opmerkte: geen Adonis. Maar in die beginjaren vriendelijk, attent, voorkomend. Toen zijn ook onze kinderen geboren.' Er volgde een korte pauze; ze vouwde haar handen. 'Pas daarna is hij sterk veranderd. Hij werd humeurig, bleef langer van huis weg, werd onaardig tegen de kinderen. En zijn seksuele verlangens, die altijd al wat vreemd waren, werden zo extreem, dat ik er op den duur niet meer aan kon en wilde voldoen.' Ze zweeg opnieuw en slikte. 'Op zulke momenten sloeg hij mij. Onbarmhartig. Ik had geen verweer. Hij was groot en vreselijk sterk. Als een beest ging hij dan

tekeer. Ik wil je geen details noemen, maar ik kan je de littekens op mijn huid laten zien.' Ze bracht haar handen voor haar gezicht. 'Als hij zo'n bui had, liet ik hem maar begaan, wachtte tot zijn woede was bekoeld. Maar het werd ondraaglijk. Het was niet om uit te houden. Het was op het laatst zo erg, dat hij niet meer wachtte tot wij alleen waren. In het bijzijn van vreemden... en zelfs waar de kinderen bij waren... sloeg en vernederde hij mij.' Ze haalde haar handen voor haar gezicht weg. 'Ik had weg moeten gaan, maar ter wille van de kinderen ben ik gebleven. Wel heb ik mijn nood geklaagd bij familie, vrienden en kennissen. Uitvoerig. Het was geen geheim. Iedereen wist, dat ik... dat ik...'
'Zijn dood wenste.'
Ze knikte traag; staarde afwezig voor zich uit.
'Soms heb ik het gevoel dat ik hem daar op het grindpad ook werkelijk heb vermoord.'
De Cock keek haar onderzoekend aan, monsterde de gelaten, bijna apathische uitdrukking op haar gezicht.
'En is dat zo... Jozefien?'
Haar ogen vulden zich met tranen. Ze legde haar hoofd op haar armen en huilde.
De Cock stond langzaam op. Vanuit de hoogte keek hij naar haar schokkende schouders. Zijn rechterhand reikte aarzelend naar het blonde haar. Hij voelde zich wat onzeker, verward.
'Of was het je vader?'

2

De beide rechercheurs liepen van hotel-restaurant 'De Bijenkorf', aan de Prins Hendrikkade, terug naar het bureau aan de Warmoesstraat. Het regende nog steeds, maar de wind was wat gaan liggen.
De Cock deed de kraag van zijn regenjas omhoog en trok aan de rand van zijn hoed. Het verhaal van de jonge vrouw had hem aangegrepen. Hij besefte, dat zij lange tijd in een hel had geleefd. Hij vroeg zich af of de ouders van Jan-Willem Hoffmann het afwijkend gedrag van hun zoon al kenden op het moment dat zij

Jozefien het huwelijksaanbod deden. Het bleef uiteraard vreemd, dat het arrangement door de ouders van Jan-Willem zo terdege was voorbereid.
Dat Jozefien ter Haar het aanbod had geaccepteerd, vond hij, gezien haar karakter, wel aannemelijk. Hij herinnerde zich, dat zij eens haar vader bij hem had aangebracht, omdat zij van mening was dat het maar eens uit moest zijn met dat inbreken. Het bracht ook haar naam in diskrediet. Jozefien had altijd al kordaat haar eigen weg gezocht en daarbij niemand gespaard. Misschien juist daarom koesterde Handige Henkie een grote liefde en verering voor zijn dochter. Hield dat verband met het plotselinge overlijden van zijn schoonzoon? Zo ja, in hoeverre? Of was de dood van Jan-Willem Hoffmann niet zo plotseling gekomen? Was er geen gedegen voorbereiding aan voorafgegaan? De Cocks gedachten dwaalden af naar het verleden, naar zijn vele confrontaties met de vader van Jozefien. In zijn gloriejaren was Handige Henkie een voorbeeldig inbreker geweest, een man, die zijn operaties altijd zorgvuldig voorbereidde, die aandacht had geschonken aan elk detail. Als Handige Henkie iets met de moord op Jan-Willem Hoffmann uitstaande had, dan was hij een tegenstander van formaat.
De Cock wreef met zijn hand de regen uit zijn gezicht. Waarom had Handige Henkie zo nadrukkelijk gewild, dat hij een gesprek had met Jozefien? Om hem, De Cock, jegens haar mild te stemmen? Of was het een geraffineerde afleidingsmanoeuvre? De Cock vloekte binnensmonds.
'Ik heb er geen moer mee te maken.'
Vledder keek hem van terzijde aan.
'Zei je wat?'
De Cock knikte.
'Ik zei, dat ik er geen moer mee te maken had. Het is geen zaak voor ons. Het is een zaak voor de Lodewijk van Deysselstraat. En daarmee uit.'
Vledder lachte.
'Je zult straks op het bureau toch een proces-verbaal moeten opmaken.'
De Cock keek verrast op.
'Waarvan?'
Vledder gebaarde in zijn richting.
'Jouw bevindingen in deze moordzaak. Het bijna nachtelijk bezoek

van Handige Henkie bij jou thuis en het recente verhoor van Jozefien.'
De Cock reageerde uitzonderlijk fel.
'Het was geen verhoor.' Hij schreeuwde bijna. 'Het heeft met mijn werk als rechercheur niets uit te staan. Het was een puur informeel gesprek tussen... tussen twee mensen, die elkaar toevallig van vroeger kennen.'
'Die twee zijn betrokken bij een moord.'
De Cock bleef staan. Zijn blik gleed over de gelaatstrekken van zijn collega.
'Wat hebben ze aan de Lodewijk van Deysselstraat aan zo'n proces-verbaal? Er is niets concreets, niets tastbaars. Goed, Jozefien ter Haar had een slecht huwelijk met Jan-Willem. Maar daar zullen ze zelf ook snel genoeg achter komen. Als het nodig is, dan kunnen ze haar daar altijd nog over verhoren.'
Vledder grinnikte.
'Er is een duidelijk verschil. Ze zal tegen rechercheurs van de Lodewijk van Deysselstraat niet zo openhartig zijn als tegen jou.'
'Jozefien vertrouwt mij.'
Vledder hield zijn hoofd iets schuin. 'Doet ze dat?'
De Cock fronste zijn wenkbrauwen.
'Wat bedoel je, Dick?' vroeg hij vriendelijk, waakzaam.
Vledder stak zijn handen omhoog.
'Jozefien heeft ons alleen maar verteld hoe zielig ze in het huwelijk is gestapt en hoe slecht die Jan-Willem wel voor haar was.'
'En?'
De jonge rechercheur zuchtte.
'Heb je een onderzoek ingesteld in haar hotelkamer om te zien of ze een pistool had van het kaliber, waardoor Jan-Willem Hoffmann de dood vond? Heb je gevraagd naar haar alibi voor de avond van de moord?' Hij schudde zijn hoofd. 'Je hebt alleen maar als een goedige biechtvader naar haar verhaaltje geluisterd. Op de twee werkelijk concrete vragen, die je haar stelde, heb je niet eens antwoord gekregen. Deed jij het Jozefien... of was het je vader?'
De Cock liep door. Zijn hoofd gebogen. De kritiek van zijn collega was terecht. Hij wist ook hoe het kwam. Het was een brok dualisme in zijn geest. De ethiek van zijn beroep als rechercheur en de stille bewondering, die hij nog steeds koesterde voor de inbreker Handige Henkie... in een ver verleden... tegenstander en vriend.

Ze stapten het politiebureau aan de Warmoesstraat binnen. Meindert Post, de lange, stoere wachtcommandant, maakte wilde gebaren van achter de balie.
'De Cock,' bulderde hij, 'er zit boven een vent op je te wachten.' Hij stond van zijn stoel op en kwam wat dichter bij. 'Ik zei al tegen hem dat je er niet was, maar dat scheen hem niet te interesseren. Dan wacht ik wel, zei hij, tot hij terugkomt.'
De Cock knikte begrijpend en liep met twee treden tegelijk achter Vlcdder de trap op. Op de bank op de tweede etage zat een wat gezette man. De Cock schatte hem achter in de veertig. Hij was keurig gekleed, bijna klassiek, in een blauwzwarte jas, waaronder een witte zijden sjaal. Naast hem op de bank lag een gedistingeerde gleufhoed. De Cock boog zich wat naar hem toe, bezag het ronde gezicht, het dunne rossige haar, en herkende Rooie Bakker, een man, die in vroeger tijden wel eens met Handige Henkie op pad ging.
Rooie Bakker genoot in penoze-kringen geen al te beste reputatie. Hij stond bekend als een man, die er niet voor terugdeinsde zijn makkers in het kwaad te verraden, wanneer hij dacht daarmee voor zichzelf ook maar de geringste vermindering van straf te verwerven.
Op een wat autoritaire wenk van de oude speurder liep Rooie Bakker achter hem aan naar de grote recherchekamer. De Cock hing zijn natte jas en hoed op en bracht Rooie Bakker naar een kamertje voor verhoor. Onderwijl beduidde hij Vledder hem te volgen.
Ze schoven alle drie om een tafeltje. De Cock keek Rooie Bakker secondenlang aan. Toen toverde hij zijn beminnelijkste glimlach te voorschijn.
'Het lijkt waarachtig wel een reünie,' sprak hij met gespeelde verwondering. 'Gisteravond laat Handige Henkie en nu jij.'
Rooie Bakker knipperde met zijn ogen.
'Reünie? Er is geen sprake van een reünie. Ik heb met het verleden niets meer te maken. Ik ben er helemaal uit. Het is al meer dan tien jaar geleden, dat ik mijn laatste veroordeling heb gehad.'
'Waar leef je nu van?'
Rooie Bakker zuchtte meelijwekkend.
'Ik ben afgekeurd,' sprak hij somber. 'Mijn rug. Ik mag niet meer werken. Nooit meer. Ik heb een uitkering van de WAO.'

De Cock keek hem schuins aan.
'Ik heb nooit geweten dat je werkte.'
Het klonk spottend.
Rooie Bakker blikte verontwaardigd.
'In de bouw. Ik ben vroeger altijd metselaar geweest.'
De Cock glimlachte.
'En van die WAO-uitkering kun je rondkomen?'
Rooie Bakker trok gelaten zijn schouders op.
'Och,' sprak hij triest, 'wat zal ik er van zeggen... het is feitelijk te weinig om van te leven en te veel om van te sterven.'
De Cock strekte zijn hand naar de revers van de blauwzwarte jas en bevoelde de stof. Daarna sloeg hij de jas open en monsterde het fraaie kostuum, dat Rooie Bakker droeg. Op zijn gezicht verscheen een milde grijns.
'En van die schamele centjes kun jij je dergelijke kleren permitteren?'
Het bolle gezicht van Rooie Bakker zwol wat op.
'Ik ben je geen verantwoording schuldig, De Cock,' reageerde hij kribbig. 'Ik ben hier op verzoek van een oude gabber*. Het is dat Handige Henkie het mij vroeg, anders was ik niet gekomen.' Hij zweeg even; streek met zijn wijsvinger door de gleuf van zijn hoed. 'Zijn dochter zit in de knoei.'
De Cock veinsde ongeloof.
'Hoezo... in de knoei?'
De Rooie trok zijn gezicht in droeve plooien.
'Ze hebben ergens in een park die kerel van haar een paar kogels door zijn lijf gejaagd en het kind is zo stom geweest om overal rond te bazuinen dat ze zo dolgraag van hem af wilde.'
'En?'
'Het gekke is, dat ze helemaal niet wilde dat die kerel van haar om zeep werd gebracht.'
De Cock fronste zijn wenkbrauwen.
'Hoe weet jij dat?'
Rooie Bakker likte aan zijn droge lippen.
'Kijk, De Cock, laten we eerlijk wezen. Ik kom helemaal niet graag naar de Warmoesstraat. Ik heb er niet zulke prettige herinneringen aan. Het heeft heel veel moeite gekost om mij zover te

* Bargoens voor kameraad.

krijgen dat ik hier naar toe ben gegaan. Ik speel ook op zeker. Ik wil best wat voor een ouwe gabber doen, maar ik voel er weinig voor om door jou hier beneden in een van die stinkende cellen te worden opgesloten. Daarom... ik ben ook eerst naar mijn advocaat gegaan om te vragen of ik mijn verhaaltje wel kon doen. Begrijp je? Of ik er geen gevaar bij liep.'
'Welk verhaaltje?'
Rooie Bakker verschoof iets op zijn stoel.
'Ik eh...,' begon hij aarzelend, 'ontmoet Handige Henkie nog wel eens. Op straat, in een café. En je weet hoe het gaat. Je praat over koetjes en kalfjes en over je familie en Henkie vertelde dat zijn dochter zo'n slecht leven met haar kerel had. Die scheen haar te slaan. Henkie zei ook, dat hij die vent met liefde een dodelijke trap zou willen geven.' Hij pauzeerde even; pakte een zakdoek en wiste het zweet van zijn gezicht. 'Ik wist, dat de dochter van Henkie met een rijke stinkerd was getrouwd, een vent, die gewoon bulkte van het geld. Ik wist ook, dat die meid heel gewoontjes in gemeenschap van goederen was getrouwd.' Hij gebaarde vaag. 'Nou en toen... toen kreeg ik een plannetje.'
De Cock keek hem schuins, onderzoekend aan.
'Wat voor een plannetje?'
'Om wat te verdienen.'
De rechercheur grijnsde.
'Om wat te muizelen.'
Rooie Bakker haalde zijn schouders op.
'Hoe je het noemen wilt,' sprak hij gelaten. 'Ieder mens heeft zo zijn talenten. Ik stapte op een goeie dag naar Amstelveen en toen ik er zeker van was dat haar kerel niet thuis was, belde ik bij de bungalow van Jozefien aan. Ze kende mij nog van vroeger en liet mij direct binnen. Ik vroeg haar hoe het met haar ging en zei, dat ik van haar vader had gehoord, dat ze zo'n slecht leven had met haar man.' Hij wiste opnieuw het zweet van zijn voorhoofd. 'Toen vroeg ik haar wat het haar waard was.'
'Wat?'
Rooie Bakker antwoordde niet direct. Zijn neusvleugels trilden.
'Ik ken wel jongens, die voor een paar ruggen* een clean karweitje leveren.'

* Ruggen of rooie ruggen; Bargoens voor bankbiljetten van duizend gulden.

Er verschenen diepe rimpels in het voorhoofd van De Cock.
'Je bedoelt... penoze-jongens, die voor een paar grijpstuivers bereid zouden zijn een voor hen wildvreemde vent naar de andere wereld te helpen?'
'Zoiets... ja.'
De Cock slikte.
'Hoe reageerde Jozefien?'
Rooie Bakker spreidde zijn armen.
'Daar kom ik nu juist voor. Ze wees het idee van mij vol verontwaardiging van de hand en joeg mij het huis uit. Zie je, De Cock, ze wilde helemaal niet dat die kerel van haar om zeep werd geholpen.'

Toen Rooie Bakker was vertrokken, keek Vledder zijn leermeester wat geschokt aan.
'Hebben wij hier in ons lieve landje ook al beroepsmoordenaars? Wij zijn ze, voor zover ik weet, nog nooit tegengekomen.'
De Cock gebaarde wat in de ruimte.
'Als je ze hier niet kunt vinden, huur je ze in het buitenland. Onze grenzen staat altijd uitnodigend open.'
Hij haalde zijn schouders op.
'Het kan natuurlijk ook zijn, dat Rooie Bakker blufte. Als Jozefien bereid was gebleken om hem geld te geven voor een moord op haar man, dan zat de Rooie op rozen... zonder verder ook maar iets te hoeven doen.'
Vledder keek hem verward aan.
'Ik begrijp je niet.'
De Cock leunde achterover in zijn stoel.
'Het is vrij simpel. Als Jozefien hem eenmaal geld had gegeven, dan was Rooie Bakker steeds teruggekomen om meer. Zonder ooit een beroepsmoordenaar te huren. En Jozefien zou er niets tegen kunnen doen. Haar was de mond gesnoerd. Ze kon alleen maar betalen.'
'Waarom... er waren toch geen getuigen?'
De Cock grinnikte.
'De Rooie zou er wel voor zorgen, dat hij bewijzen had van de transactie. En dan? Jozefien zou nooit in het openbaar kunnen toegeven, dat ze eens geld had gegeven om haar man te laten vermoorden.'

'Een smerige chantage.'
De Cock knikte voor zich uit.
'Precies... chantage is smerig. Het is ook een apart vak. Ik heb het idee, dat Rooie Bakker daar al vele jaren heel goed van leeft.'
Vledder schudde wat geërgerd het hoofd.
'Toch moet ik je eerlijk zeggen, dat ik het niet helemaal begrijp. Waarom komt Rooie Bakker ons dit vertellen? Het vestigt alleen maar de aandacht op zijn huidige criminele activiteiten.'
De Cock streek met zijn hand door het haar.
'Ik denk,' sprak hij voorzichtig, 'dat Jozefien destijds haar vader op de hoogte heeft gebracht van het bezoek van Rooie Bakker aan Amstelveen. En van zijn aanbod heeft verteld. Nu Jan-Willem Hoffmann is vermoord, maakt Handige Henkie zich terecht zorgen. Hij is bang, dat zijn dochter door de dood van haar man in moeilijkheden raakt.'
De ogen van Vledder lichtten op.
'Ik begrijp het,' riep hij blij, enthousiast. 'Om Jozefien al bij voorbaat een steuntje in de rug te geven, dwingt hij Rooie Bakker om bij ons zijn verhaaltje te doen over zijn mislukte aanbod tot moord.'
De Cock knikte instemmend.
'Heel goed. Het verhaal van Rooie Bakker zou het bewijs moeten vormen, dat Jozefien, ondanks haar uitlatingen, nooit werkelijk de dood van haar man wenste... althans voor de consequenties terugdeinsde.'
'Een sluwe gedachte van Henkie.'
De Cock kauwde op zijn onderlip.
'Ik had niet anders verwacht.'
Vledder pakte er een stoel bij en ging er achterstevoren op zitten.
'Hoe kon Handige Henkie Rooie Bakker dwingen?'
De Cock schonk hem een milde grijns.
'Ik heb zo het vermoeden,' sprak hij peinzend, 'dat Handige Henkie uit het heden en verleden van Rooie Bakker zaken kent... duistere affaires, die nooit de annalen van de justitie hebben bereikt.'
'Chantage.'
De Cock boog zich wat voorover, voelde aan zijn gespannen kuiten en legde toen zijn benen op zijn bureau.
'Chantage, m'n jong,' sprak hij wat krakerig, 'geloof me, de

wereld zit er vol van.'
De grijze adjudant Kamphuis liep voorbij en smeet de laatste telexberichten op het bureau van De Cock.
Vledder pakte ze en las.
Ineens sperde hij zijn ogen wijd open.
De grijze speurder keek hem onderzoekend aan.
'Is er wat?'
Vledder reikte hem trillend een telexbericht aan.
'Ze hebben Jozefien ter Haar gearresteerd.'
'Wat?'
Vledder knikte.
'Verdacht van moord op haar man.'

3

Vledder staarde geschrokken voor zich uit.
'Die arrestatie moet dan hebben plaatsgevonden kort nadat wij uit het restaurant waren vertrokken. Het telexbericht is van elf uur vijfendertig. Ze moeten vrijwel zeker hebben geweten, dat Jozefien haar intrek in hotel 'De Bijenkorf' had genomen.'
De Cock tilde zijn benen van het bureau en kwam met een sprong overeind.
'Ze zijn belazerd,' riep hij kwaad. 'Jozefien heeft het niet gedaan.'
Vledder keek hem hoofdschuddend aan.
'Dat kan en mag je niet zeggen. Onze collega's van bureau Lodewijk van Deysselstraat zullen beslist wel over deugdelijke aanwijzingen beschikken. Uiteindelijk hebben zij de zaak in onderzoek.'
De Cock gromde.
Zijn gezicht leek een donderwolk.
'Bij elke arrestatie moet sprake zijn van 'een redelijk vermoeden van schuld'. Dat vereist de wet.'
Hij slenterde naar de kapstok en wurmde zich in zijn nog natte regenjas.
Vledder liep hem na.
'Waar ga je heen?'
De Cock zette zijn hoed op.

'Naar de Lodewijk van Deysselstraat... vragen hoe *redelijk* hun vermoedens zijn.'

'Héél redelijk.' Rechercheur Pieter Arend van Wijngaarden knikte nadrukkelijk. 'Absoluut. Wij hebben gegronde redenen om aan te nemen dat Jozefien ter Haar haar man heeft vermoord.'
De Cock keek hem doordringend aan.
'Zelf... eigenhandig?'
Van Wijngaarden aarzelde.
'Daar eh... daar hebben we geen directe aanwijzingen voor. Dat moet ik toegeven. Maar ze is er in ieder geval bij betrokken. We nemen aan, dat zij het door een ander heeft laten doen.'
'Een huurmoordenaar?'
Rechercheur Van Wijngaarden knikte traag voor zich uit.
'Een huurmoordenaar,' sprak hij bedachtzaam. 'Inderdaad. Althans iemand, die zij een grote som geld in het vooruitzicht heeft gesteld als hij op korte termijn haar man van kant maakte.'
'Wie?'
Van Wijngaarden gebaarde vaag; streek over zijn korte kroezige haren.
'Dat weten we nog niet. We hopen uiteraard, dat Jozefien ter Haar ons in die richting wat aanwijzingen zal geven, maar tijdens haar eerste verhoor heeft ze haar mond niet willen opendoen.'
De Cock schudde geërgerd zijn hoofd.
'Waar halen jullie in vredesnaam dat fabeltje van een huurmoordenaar vandaan?'
Van Wijngaarden glimlachte wat hautain.
'Het is geen fabeltje. De moordenaar zou tienduizend gulden krijgen... in contanten... handzame coupures... nadat het karwei tot volle tevredenheid van zijn opdrachtgeefster was opgeknapt.' De jonge rechercheur zuchtte. 'Jozefien ter Haar zou dat geld al panklaar van de bank hebben gehaald. We moeten nog checken of dit ook inderdaad is gebeurd.'
De Cock spreidde zijn armen in wanhoop.
'Hoe komen jullie aan die wetenschap?'
'Van de ouders van het slachtoffer.'
De Cock fronste zijn wenkbrauwen.
'De ouders van Jan-Willem Hoffmann?' riep hij verwonderd.
Rechercheur Van Wijngaarden knikte gelaten.

'Het zijn uiterst betrouwbare mensen. Dat moet ik je wel zeggen. Ik condoleerde hen met het verlies van hun zoon en vroeg, zoals gebruikelijk, of zij iets wisten, dat mogelijk enig licht zou kunnen werpen op zijn plotselinge dood. Het Rembrandtpark waar hij werd gevonden, staat bekend als een trefpunt voor homofielen. Wanneer het slachtoffer, ondanks zijn huwelijk, heimelijk homofiele neigingen had, dan zou ik daar met mijn onderzoek rekening mee kunnen houden. De ouders van Jan-Willem Hoffmann, die zeer openhartig waren, zeiden mij, dat zij in het karakter van hun zoon wel eens sadistische trekjes hadden ontdekt, maar van homofilie was, volgens hen, geen sprake. Toen ik daarna het gesprek bracht op hun schoondochter en kleinkinderen, kreeg ik het gevoel, dat ze iets achterhielden. Er viel een sluier over hun openhartigheid. Uiteindelijk vertelden zij van een man, die hen ongeveer een maand geleden een bezoek had gebracht. De man had gezegd, dat het leven van hun zoon ernstig gevaar liep. Tegen een zekere vergoeding was hij wel bereid te vertellen uit welke hoek dat gevaar dreigde.'
'Jozefien ter Haar?'
'Precies... de vrouw van Jan-Willem.'
De Cock grinnikte ongelovig.
'En hoe wist die 'zegsman' dat alles?'
Van Wijngaarden reageerde mistroostig.
'Volgens die man zou Jozefien hem persoonlijk hebben benaderd met het verzoek het karwei voor haar op te knappen. De man had er aanvankelijk wel oren naar. Hij vond tienduizend gulden een hoop geld. Maar uiteindelijk was zijn geweten gaan spreken. Daarom was hij niet op het verleidelijke aanbod ingegaan en besloot hij de ouders in te lichten.'
De Cock streek met de rug van zijn hand langs zijn mond. Het verhaal vermaakte hem. Hij keek Van Wijngaarden glimlachend aan.
'En wie is die vent?'
Van Wijngaarden trok wat verlegen zijn schouders op.
'Dat weten we nog niet. Maar dat is, dacht ik, een kwestie van dagen. De ouders van Jan-Willem Hoffmann hebben ons een uitstekend signalement verschaft... een goede veertiger met een bol gezicht en dun, rood haar.'
'Rooie Bakker.'

Van Wijngaarden keek hem ongelovig aan.
'Rooie Bakker... ken jij hem?'
De Cock knikte traag.
'Een rat.'

Vledder manoeuvreerde de oude politie-volkswagen door de stad. Door de mobilofoon kraakte een bericht over een aanrijding met zwaar lichamelijk letsel. De Cock zat onderuitgezakt naast hem, zijn hoed op zijn stoppelige wenkbrauwen.
'Rooie Bakker is altijd al een griezelige kerel geweest. Een gluiperdje van het zuiverste water. Het verbaast mij, dat nog nooit iemand een stuk staal tussen zijn ribben heeft gestoken.'
Vledder kneep zijn lippen opeen.
'Waar haal je, verdomme, de gore moed vandaan om die oude mensen zo'n verhaal te vertellen.' Hij schudde ongelovig het hoofd. 'En het was hun nog drieduizend gulden waard.'
De Cock schokschouderde.
'Och, Rooie Bakker kon dat vrijwel zonder gevaar doen. Als Jan-Willem Hoffmann gewoon was blijven leven, dan was er niets aan de hand geweest. De Rooie raakte pas in moeilijkheden, toen de man van Jozefien werkelijk werd vermoord. Toen werd zijn verhaal voor iedereen plotseling belangrijk.'
'Zullen ze aan de Lodewijk van Deysselstraat Jozefien ter Haar nu vrijlaten?'
De Cock schudde zijn hoofd.
'Dat zullen ze zeker niet doen. Ook niet na overleg met de officier van justitie. Rechercheur Van Wijngaarden zal eerst Rooie Bakker moeten opsporen en confronteren met de ouders van Jan-Willem.'
'En dan?'
De Cock stak een paar vingers omhoog.
'Dan blijven er twee mogelijkheden... of Rooie Bakker blijft bij zijn verhaal, maar dan komt hij in conflict met de verklaring die hij tegen ons heeft afgelegd... of hij geeft toe, dat hij aan de ouders van Jan-Willem Hoffmann een 'samenweefsel van verdichtsels'* heeft gedaan om hen te bewegen hem een bedrag van drieduizend gulden te overhandigen. In dat geval riskeert hij een vervolging wegens smaad en oplichting.'

* Wettelijke uitdrukking voor leugenachtig verhaal.

Om de mond van Vledder danste een grijns.
'Rooie Bakker zit dus niet lekker.'
De Cock schudde zijn hoofd.
'Zeker niet. En ik gun het hem van harte. In het belang van Jozefien is het zaak, dat hij zo gauw mogelijk boven water komt. Het lijkt mij in dit geval een goed idee om Handige Henkie iets in het oor te fluisteren. Hij heeft misschien meer middelen en wegen, dan waarover wij kunnen beschikken.'
Vledder keek van opzij op zijn leermeester neer.
'Ik vind het vreemd, dat jij altijd zo'n grote bewondering voor die Handige Henkie hebt gehad.'
De Cock antwoordde niet direct. Hij krabde zich wat verlegen achter in de nek.
'Gevoelens van sympathie en antipathie kun je ook in ons beroep niet altijd onderdrukken. Wij zijn geen automaten, waar je een misdaad instopt en er een dader uithaalt. Mensen reageren op elkaar. Dat kun je niet vermijden. Handige Henkie is en was in mijn ogen een redelijke vent, die, hoe gek het ook klinkt, zijn stiel van inbreken op een eerlijke manier uitoefende.'
Vledder lachte.
'Waarom ging hij wel met Rooie Bakker in zee? Hij wist toch dat die niet deugde.'
De Cock kauwde op zijn onderlip.
'Handige Henkie ging niet graag met Rooie Bakker op pad. Het is hem ook wel opgebroken. Maar hij kon wel eens niet anders. Zie je, Rooie Bakker is familie van zijn vrouw... een neef of zo.'

Ze reden een tijdje zwijgend verder. Hoe dichter ze bij de Warmoesstraat kwamen, hoe langzamer het ging. Traag schoven ze van de ene opstopping naar de andere. De Cock drukte zich wat overeind en zette zijn hoed op.
'Ze mogen aan dat verkeer wel eens wat doen,' snauwde hij. 'Het stroomt helemaal niet. Het slibt gewoon dicht. Als het zo doorgaat, sterft Amsterdam nog eens aan een hartinfarct.'
Vledder negeerde de opmerking. Er lag een dwarse denkrimpel in zijn voorhoofd.
'Toch heb ik het gevoel, dat er iets scheef zit. Dat er iets niet klopt.'
'Waarvan?'

'Van die moord op Jan-Willem Hoffmann. Ik heb voor alle zekerheid aan de administratie van het bureau Lodewijk van Deysselstraat een volledig afschrift van hun proces-verbaal van het onderzoek gevraagd.'
De Cock reageerde enigszins verward.
'Wat moeten we daarmee?' Het klonk wat kriegel. 'Ik ga het niet lezen.'
Vledder reageerde nonchalant.
'Oké, dan lees ik het. Zie je, van welke kant je het ook bekijkt... iemand joeg Jan-Willem Hoffmann op dat grindpad in het Rembrandtpark drie kogels door het lijf... iemand, die er duidelijk belang bij had, dat Jan-Willem niet langer leefde.'
De Cock knikte ernstig.
'Dat is juist. En wie dat was... is nog een raadsel.' Er speelden duiveltjes in zijn ogen. 'Een raadsel voor rechercheur Pieter Arend van Wijngaarden en zijn volijvere collega's aan de Lodewijk van Deysselstraat. Wij... van de Warmoesstraat... hebben er nog steeds niets mee te maken.'

Handige Henkie blikte naar de speurder op.
'Ik hoorde van een collega van je, dat je naar het bureau Lodewijk van Deysselstraat was. Hoe was het? Heb je Jozefien gesproken?'
De Cock schudde het hoofd.
'Ik heb je al gezegd, Henkie... het is mijn zaak niet.'
'Ik zeg je: ze is onschuldig.'
'Daar ga ik niet op in.'
'Is Rooie Bakker dan niet bij je geweest?'
De Cock knikte.
'Die is geweest.'
'Nou...?'
De rechercheur ontweek zijn blik. Hij streek met zijn vingers door zijn haar.
'Het spijt me. Ik kon met die verklaring van Rooie Bakker haar arrestatie niet ongedaan maken.'
Handige Henkie stak zijn armen omhoog.
'Wat hebben ze dan tegen haar?' riep hij wanhopig. 'Ze wilden het mij niet zeggen. Hebben ze bewijzen?'
De Cock keek hem aan.
'Rooie Bakker heeft óók een verhaaltje verteld tegen de ouders van

Jan-Willem en dat verhaaltje hebben ze aan de Lodewijk van Deysselstraat nogal ernstig opgevat.'
Handige Henkie reageerde niet direct. Hij keek langs De Cock heen in een wazige verte.
'Ik kan mij wel zo ongeveer voorstellen,' sprak hij na een tijdje, 'wat hij die oudjes heeft verteld. Ik weet hoe hij werkt. Ik ken al zijn smerige streken.' Hij schudde droef zijn hoofd. 'Maar dat hij die nog eens zou toepassen op mijn eigen vlees en bloed...' Hij maakte zijn zin niet af. 'Hebben ze hem er nog geld voor gegeven?'
De Cock knikte.
'Drieduizend gulden. Ze hebben Rooie Bakker nu aan de Lodewijk van Deysselstraat dringend nodig. Ze willen persoonlijk van hem horen hoe dat nu allemaal precies zit. En of hij bij zijn verhaaltje blijft. Het is natuurlijk erg belangrijk voor Jozefien.' Hij keek op naar de ex-inbreker; een flauwe glimlach om de lippen. 'Als je die Rooie hebt gevonden, breng hem dan zelf even naar het bureau. Levend... begrijp je, Henkie? Als je hem te veel verkreukelt, kan hij daar niet eens meer zeggen, dat hij zich mogelijk heeft vergist.'
Toen Handige Henkie was vertrokken, schoof De Cock een la van zijn bureau open en diepte daaruit een paar belegen stukken op. Er was een geval van verduistering bij, dat hem nogal gecompliceerd leek. Hij had het al een tijd in behandeling en besloot het eens af te wikkelen. Moeizaam las hij de rapporten door en probeerde wegwijs te worden in een kasboek, waarin een louche boekhouder geraffineerde vervalsingen had aangebracht. Hij had geen hekel aan gevallen van verduistering en oplichting. Hij behandelde die zaken graag. Ze waren slechts van technische aard en nooit gewelddadig.
Wat hij ook deed, hij kon zijn gedachten niet bij het probleem houden. Ze dwaalden steeds weg naar een soort magisch vierkant, waarvan de hoeken werden gevormd door Rooie Bakker, Handige Henkie, dochter Jozefien en Jan-Willem Hoffmann. Het idee, dat hij met de zaak niets te maken had, leek hem niet meer zo zonnig. Integendeel, hij had het beangstigende gevoel, dat zich donkere wolken boven hem samenpakten, dat hij in feite al heel diep was verwikkeld in een affaire, die hem zou dwingen tot op de bodem van zijn kunnen te gaan.
De telefoon op zijn bureau rinkelde. Het verbrak zijn overpeinzin-

gen. Hij keek wat verstrooid op. Het leek alsof het geluid van heel ver kwam. Traag ging zijn hand naar het toestel en nam de hoorn op. Het was de wachtcommandant; gehaast, met een nerveuze ondertoon in zijn stem.
De Cock luisterde. Op datzelfde moment was hij in de werkelijkheid terug. Na enkele seconden legde hij de hoorn neer. Even leek hij besluiteloos, toen pakte hij de stukken bijeen en deed ze terug in de onderste la. Langzaam kwam hij overeind, en slenterde naar de kapstok.
Vledder, bezig aan een uitgebreid rapport, keek van zijn schrijfmachine op. 'Waar ga je heen?'
De Cock sjorde zijn regenjas vast. 'Naar het tracé van de metro.'
Vledder leunde op zijn machine.
'Tracé?' zei hij niet begrijpend.
De Cock knikte en zette zijn hoed op.
'Dat braakliggende terrein aan de Lastageweg, waar ze voor de aanleg van de metro die huizen hebben gesloopt.'
'Wat is daar?'
'Daar ligt een lijk.'
'Heroïne?'
De Cock schudde het hoofd en liep naar de deur.
'Moord,' riep hij achterom.
Vledder kwam in beweging.

4

De Amsterdamse Lastageweg; in een nog niet zo ver verleden toneel van heftige strijd tussen drommen demonstranten tegen sloop en afbraak voor de metro en de meest jeugdige manschappen van de politie, opgeroepen door een traag en weifelend bevoegd gezag. Nu een trieste, verlaten moddervlakte, door gore bouwvallen en kraakpanden omzoomd. Uit een hoge lantaarnpaal streek vaal, gelig licht spookachtig over bergen puin. Verwrongen stangen roestig betonijzer gaven grillige schaduwbeelden als op een surrealistisch schilderij. Op zijn rug in een stinkende ondiepe modderplas lag een man. De vingers van zijn verkrampte rechter-

hand reikten naar een gebroken putdeksel.
De Cock haalde de panden van zijn regenjas wat op en hurkte bij de man neer. Hij was dood; zonder twijfel. De mond hing open en uit de half gesloten ogen kwam een zielloze blik. Op het witte overhemd, links van het borstbeen, waren drie donkerrode bloedvlekken. Ze waren dicht bij elkaar, gingen bijna in elkaar over.
Vledder boog zich over hem heen. 'Hij heeft weinig kans gehad.' In zijn stem trilde een ondertoon van medelijden en afschuw. 'De schoten waren alle drie dodelijk, dwars door het hart, en zijn vermoedelijk vrij snel achter elkaar afgevuurd.'
De Cock knikte instemmend. 'Je hebt gelijk. De moordenaar was een uitstekend schutter.' Hij bekeek aandachtig het gezicht van de man, de brede hoogoplopende jukbeenderen, het zwarte haar, terugwijkend en grijzend aan de slapen. 'Hoe oud schat je hem?'
Vledder gebaarde wat nonchalant. 'Achter in de veertig. Misschien nog iets jonger. Hij lijkt mij het type van een zakenman.'
De Cock reageerde niet. Hij kwam uit zijn gehurkte houding omhoog en keek rond. Rechts, op een geel gekalkte muur stond 'De Smederij,' in strakke blauwe letters. Daar hadden de demonstranten destijds vergaderd en van het gemeentebestuur luide geëist, dat de bouw van de metro zou worden stopgezet. Verderop wist hij het water van de Oude en Kromme Waal met de vele woonboten, waarop een zeer gevarieerde bevolking. En dan was er, op nog geen steenworp afstand, de beroemde Binnen Bantammerstraat met gerenommeerde restaurants waar onaandoenlijke Chinezen verwende westerlingen hun oosterse lekkernijen voorschotelden.
De grijze speurder krabde zich achter in de nek. Hij vroeg zich af of iemand in de omgeving iets had gezien of het geluid van de schoten had gehoord. Het leek hem niet waarschijnlijk.
Een jonge diender stapte op hem toe; een notitieboekje in de hand. Hij wees schuin achter zich. 'Daar is de man die hem heeft gevonden. Ik heb zijn volledige naam en adres, maar misschien wilt u nog even met hem praten?'
De Cock schoof de mouw van zijn jas iets omhoog en keek op zijn horloge. Het was bijna middernacht. 'Welke sterveling,' bromde hij, 'struint op dit onzalige uur hier nog rond? Is het een junk*?'

* Druggebruiker.

De diender schudde het hoofd. 'Een gewone man. Hij woont hier niet ver vandaan, op de Oude Waal bij de Montelbaanstraat. Voor hij ging slapen, liet hij nog even zijn hond uit. Het beest bleef hier rondsnuffelen. Toen de man ging kijken waar zijn hond bleef, vond hij die dooie vent en belde de politie.'
De Cock plooide zijn lippen in een tuitje. 'Dat eh... dat klinkt plausibel,' sprak hij traag, nadenkend. 'Zet zijn verklaring maar op papier, compleet met het tijdstip van de ontdekking.'
Hij keek naar de diender op.
'Wat is het voor een hond?'
De agent grijnsde. 'Een scharminkel, hoog op de poten, een echt vullesbakkenrassie en mager... ik wed dat als de maan scheen, je zijn hart kon zien kloppen.'
De Cock glimlachte. 'Oké, ik vind morgen jouw proces-verbaal wel op mijn bureau.'
De diender liep weg en De Cock draaide zich om naar Vledder, die heel minutieus de omgeving afzocht.
'Zijn er hulzen?'
Vledder wees naar een glimmend plekje in de modder. 'Ik heb er al twee gevonden.'
De Cock boog zich voorover. 'Het lijkt wel 9 mm. Als het goed is, moeten er drie zijn.'
Bram van Wielingen, de politie-fotograaf, stapte, plassen ontwijkend, op hem toe. Een zware metalen koffer bungelde op zijn brede rug. Hij zwaaide bij wijze van groet naar de rechercheurs en keek op de dode neer.
'Verdomme,' riep hij verward, 'het lijkt waarachtig wel die vent in het Rembrandtpark.'
De Cock keek de politie-fotograaf fronsend aan. 'Die vent in het Rembrandtpark?' vroeg hij.
Van Wielingen knikte nadrukkelijk. 'Die dooie kerel op dat smalle grindpad... die lag er vrijwel net zo bij. Op zijn rug en ook drie schoten op een kluitje precies in de hartstreek. Ik zou eens gaan praten met de jongens van de Lodewijk van Deysselstraat.'
De Cock grinnikte. 'Dat hebben we al gedaan... zelfs voor wij deze man ontdekten.'
Bram van Wielingen opende zijn koffer en monteerde een flitslicht op zijn Hasselblad. 'Er is al een arrestatie verricht. Ik heb gehoord,

dat de jongens aardige aanwijzingen hebben tegen de vrouw van het slachtoffer.'
De Cock knikte met een ernstig gezicht. 'Ik neem ook aan, dat ze nog steeds vast zit.'
Van Wielingen flitste in het dode gezicht.
Ineens liet hij zijn camera zakken. 'Dan kan zij deze moord nooit hebben gepleegd.'
Het klonk als een verrassende conclusie.
De Cock schudde het hoofd. 'Een beter alibi kun je je nauwelijks indenken.'
Vledder kwam tussenbeide. Hij wees naar de dode in de modder. 'Denk je,' vroeg hij aan Van Wielingen, 'dat deze man en die vent in het Rembrandtpark door een en dezelfde persoon zijn neergeschoten?'
Bram van Wielingen stak afwerend een hand op. 'Ik ben fotograaf. Recherche is jouw vak. Ik zeg je alleen: de verwondingen zijn vrijwel identiek. Dat was het eerste wat mij opviel.' Hij zweeg even. 'Zijn er hulzen?'
'Ik heb er tot nu toe twee gevonden.'
'Dus een pistool*?'
'Ja, vermoedelijk een 9 mm.'
Van Wielingen gebaarde met zijn camera in de hand. 'Nou... als de luitjes van het laboratorium straks zeggen, dat deze hulzen en de hulzen in het Rembrandtpark uit hetzelfde wapen komen, ben je een heel eind op weg.'
De Cock keek de fotograaf schuins, onderzoekend aan. 'Op weg... waarheen?'
'Naar de dader van die twee moorden.'
De Cock schudde resoluut het hoofd. 'Al zijn de schotwonden vrijwel identiek... het behoeft niet per se een en dezelfde dader te zijn. Het wapen kan door twee verschillende mensen zijn gehanteerd.' Hij wendde zich tot Vledder. 'Stel nu, dat onze Jozefien verantwoordelijk is voor de moord op Jan-Willem Hoffmann... na haar daad speelt ze het pistool in handen van haar vader. En Handige Henkie begaat met hetzelfde wapen moord nummer twee als eh... als een soort aanwijzing, dat zijn dochter ook aan die

* Een pistool werpt na het schot de huls uit. Bij een revolver blijft de huls in de roterende cilinder.

eerste moord onschuldig is. Het lijkt mij zinnig...'
Dokter Den Koninghe tikte De Cock achter op de schouder. 'Kan ik er even bij?' vroeg hij onderbrekend.
De Cock sprong haastig opzij. 'Ik heb u echt niet zien aankomen,' sprak hij verontschuldigend. Hij schudde de lijkschouwer hartelijk de hand. Verderop bij de Nieuwe Ridderstraat ontdekte hij een ambulance-wagen. 'Bent u met de geneeskundige dienst gekomen?'
Dokter Den Koninghe maakte een mistroostig gebaar. 'Mijn eigen chauffeur is ziek geworden.' Hij gebaarde naar de dode in de modder. 'Is dat de patiënt?'
De Cock lachte om de uitdrukking. 'Patiënt,' herhaalde hij. 'Ik denk niet, dat wij nog veel voor hem kunnen doen.'
Dokter Den Koninghe bracht zijn kleine witte handen naar voren en vouwde ze samen. 'Bidden voor zijn ziel.' Het klonk haast spottend. Hij trok de pijpen van zijn streepjespantalon wat omhoog en hurkte bij het slachtoffer neer. Zijn knieën kraakten. Hij voelde aan het voorhoofd en de beide wangen. Daarna drukte hij de oogleden nog iets terug en bezag de pupillen. Toen kwam hij moeizaam overeind. 'De man is dood,' sprak hij laconiek.
De Cock grijnsde breed. 'Daar waren we al bang voor,' reageerde hij wat cynisch.
'Nog niet zo lang geleden.'
'Hoelang?'
De altijd wat excentrieke lijkschouwer hield zijn hoofd iets schuin en krabde onder zijn oude, al wat groen uitgeslagen garibaldi. 'Een... twee uur.' Hij sprak terughoudend, weifelend. 'Het lichaam voelt nog warm aan. En op deze open vlakte op de rug in een koude plas water is er toch een sterke afkoeling.'
De Cock knikte begrijpend.
'Kunt u nog wat exacter zijn?'
Dokter Den Koninghe bracht zijn linkerarm omhoog en keek op zijn horloge. 'Je kunt aannemen, dat hij om tien uur nog in leven was. Meer kan ik je niet zeggen.' Hij draaide zich om en liep waardig door een modderplas naar de wachtende ambulance-wagen.
Bram van Wielingen trad naderbij en maakte nog een paar opnamen van de dode. Niet ver van de twee andere hulzen vond hij de derde. Zorgvuldig deed hij ze een voor een in een plastic zakje.

Daarna borg hij zijn fraaie Hasselblad op en hees de zware metalen koffer op zijn rug. 'Groetjes.' Hij wuifde met zijn vrije hand. 'Die hulzen breng ik voor je naar het laboratorium en als het een beetje mee zit, heb je morgenochtend je plaatjes op het bureau.'
De Cock wuifde terug. 'Maak het vannacht maar niet te laat. En doe de groeten thuis.'
Toen de politie-fotograaf was vertrokken, wenkte De Cock de wachtende broeders van de geneeskundige dienst. Ze tilden het lijk uit de plas en legden het op de brancard. Daarna sjorden ze de riemen vast en droegen het weg.
De Cock keek het na. Het beeld was hem vertrouwd. Hoevelen had hij er in zijn lange recherche-leven al zo zien wegdragen? De deuren van de ambulance-wagen klapten dicht.
De Cock keek naar Vledder, die naast hem stond.
'Het lijkt mij het beste, dat je achter hen aanrijdt. Voor ze hem in het sectielokaal in een koelvak stoppen, haal je alles uit zijn zakken. We weten nog steeds niet wie hij is.'
Hij zweeg even; wreef over zijn kin. 'Misschien zit wel ergens een vrouw met kinderen op hem te wachten.'
'En dan?'
De Cock keek hem wat afwezig aan.
'Wat bedoel je?'
'Als ik zijn zakken heb leeggeplukt?'
'Dan kom je terug naar de Kit. Ik blijf daar op je wachten. Er moet nog een telex weg en een stukje in het rapport.'
Vledder knikte begrijpend en liep naar de volkswagen. De Cock keek hem na tot het rode achterlicht in de avondnevel was opgelost. Minutenlang bleef hij in gedachten staan. Toen schoof hij zijn hoed naar voren en stapte door de modder weg. Moord, bedacht hij, is maar een triest bedrijf.

Vledder las hardop. Het geluid van zijn stem resoneerde tegen de kale wanden van de recherchekamer. 'Alexander Peetersen, met dubbel ee, oud tweeënveertig jaar, van beroep accountant, wonende Koningin Emmalaan 372 in Amsterdam.' Hij vouwde het rijbewijs dicht en veranderde van toon. 'Dat is hem wel. Dezelfde naam staat ook in zijn Nederlandse paspoort. Op de foto's ziet hij er wel een paar jaar jonger uit, maar de gelaatstrekken zijn toch duidelijk herkenbaar.'

Hij liep naar de tafel tegen de muur waar hij al de bezittingen van het slachtoffer had uitgestald en legde het rijbewijs daarbij.
De Cock voelde zich moe en verlangde naar zijn bed. 'Staan er nog stempels achter in het paspoort?'
Vledder pakte het document op en bladerde het door. 'Er zijn een paar grensoverschrijdingen. Stempels van de douane op Schiphol. Hij ging blijkbaar vaak naar Engeland.'
'Had hij geld bij zich?'
'Ruim vijfhonderd gulden in een portefeuille en dan nog wat kleingeld in een portemonnee.'
'We kunnen roof als motief dus wel laten vallen.'
Vledder reageerde bevestigend. 'Het lijkt in de verste verte niet op roofmoord. Er is, zo te zien, niets van hem weggenomen. Hij had ook nog een zware gouden sigarettenkoker en een gouden aansteker bij zich. Aan de pink en de ringvinger van zijn linkerhand droeg hij witgouden ringen met indrukwekkende briljanten. Ze waren gemakkelijk te verwijderen. Ik denk, dat wijlen de heer Peetersen sinds de aanschaf van de ringen wat is vermagerd. Ik had er niet de minste moeite mee. Ze gleden zo van zijn vingers.' Hij zweeg even; staarde peinzend voor zich uit. 'Als junkies hem hadden overvallen...' Hij maakte zijn zin niet af. 'Het is voor ons maar een geluk, dat hij zo gauw werd gevonden.'
De Cock knikte instemmend. 'Dan hadden we nog dieper in de ellende gezeten,' sprak hij somber. 'Waren er nog andere bezittingen?'
De jonge rechercheur schudde het hoofd. 'Geen voorwerpen meer van waarde. Wel een stelletje credit-cards. Onder andere van The American Express en van de Diners-club.'
'Een man van de wereld.'
Vledder grijnsde. 'Met vermoedelijk een inkomen waar Jan Modaal alleen maar van droomt.'
De Cock kwam achter zijn bureau vandaan. 'Jan Modaal leeft nog,' reageerde hij strak. 'Had de heer Peetersen nog een agenda bij zich?'
Vledder knikte. 'Zelfs een zeer fraaie agenda. In leer met gouden initialen. Maar er staat vrijwel niets in. Geen enkele notitie. Wel een reeks telefoonnummers.'
'Is hij getrouwd?'
Vledder haalde zijn schouders op.

'Dat is uit niets op te maken. Geen foto's. Ook niet van kinderen. We moeten morgen maar bij het Bevolkingsregister informeren. Of we moeten nu nog even naar de Koningin Emmalaan rijden om te zien of daar een vrouw zit.'
De Cock schudde het hoofd. 'Laten we daar maar mee wachten. Het is midden in de nacht.' Hij slenterde naar de tafel en liet zijn blik over de voorwerpen en bescheiden dwalen. Hij wees naar een samengevouwen plattegrond van Amsterdam. 'Had hij dat ook bij zich?'
'Ja. Die zat in een buitenzak van zijn colbert. Hij is een beetje nat geworden door de plas, waarin hij lag.'
De Cock plukte aan zijn onderlip.
'Is Peetersen een Amsterdammer?'
'Hij is volgens zijn paspoort in Amsterdam geboren.'
De Cock pakte de kaart op. 'Wat doet een Amsterdammer met een plattegrond van Amsterdam?' Hij vouwde de kaart geheel open en spreidde hem op de tafel uit. Ineens boog hij zich scherp naar voren. 'Kijk,' zei hij hees, 'een kruisje.'
Vledder hijgde.
'De plek waar hij is vermoord.'

5

Adjudant Kamphuis gooide een zware bruine enveloppe op het bureau van Vledder.
'Is vanmorgen gebracht van de Lodewijk van Deysselstraat,' legde hij uit. 'Er zitten fotokopieën in van een proces-verbaal van het onderzoek.'
Vledder maakte de enveloppe open en bekeek de inhoud. Daarna schoof hij hem in de la van zijn bureau.
'De moord op Jan-Willem Hoffmann.'
De adjudant bleef even staan.
'Jullie zijn weer in een moordzaak verwikkeld? Ik las vanmorgen een mutatie in het rapport.'
Vledder knikte.
'Gisteravond laat, zo om en nabij twaalf uur. Een dode man op de

Lastageweg bij het tracé. Ene Alexander Peetersen... drie kogels in de hartstreek.'
'Houdt het verband met de zaak Hoffmann?'
Vledder gebaarde met zijn handen wat in de ruimte.
'Er zijn, dachten wij, wel punten van overeenkomst. Ik zal straks het proces-verbaal van de Lodewijk van Deysselstraat eens doornemen. Ik heb nu geen tijd. Ik moet naar de sectie.'
Adjudant Kamphuis liep weg; een stapel post onder zijn arm. De Cock keek op.
'Hoe laat is de sectie?'
'Kwart over tien. Dan zouden dokter Rusteloos en zijn assistent aan de Overtoom zijn.'
'Vraag of hij naar rijst kijkt.'
Vledder keek verbaasd.
'Rijst?' herhaalde hij.
De Cock knikte bedaard.
'In de maag van het slachtoffer. Het is helemaal niet denkbeeldig, dat Alexander Peetersen voor zijn dood in een Chinees restaurant in de Binnen Bantammerstraat heeft gegeten. Volgens dokter Den Koninghe leefde hij nog om tien uur. Hij kan tussen zes en acht uur hebben gedineerd. Mogelijk nog iets later. Het voedsel in de maag is dan nog niet verteerd en herkenbaar.'
De blik van de jonge rechercheur verhelderde.
'Als hij rijst in zijn maag heeft,' riep hij enthousiast, 'zouden wij met foto's van de dode Alexander Peetersen langs de diverse Chinese restaurants in de omgeving kunnen gaan met de vraag of er iemand in zijn gezelschap was.'
De Cock stak een vinger naar Vledder uit.
'Heel goed. Peetersen kan natuurlijk in plaats van nasi-goreng bami-goreng hebben gegeten. Dat is op zich niet zo belangrijk. Vertel dokter Rusteloos wat ik wil en laat de rest maar aan hem over. Hij heeft het vaker bij de hand gehad.' Er kwam een glimlach om zijn lippen. 'Toen ik hem, jaren geleden, eens vroeg hoeveel gerechtelijke secties hij in zijn carrière al had verricht, antwoordde hij vriendelijk: als ze allen nog zouden leven, zou je er een flink dorp mee kunnen bevolken.'
Vledder lachte luid.
'Het zal inmiddels wel een stad zijn geworden.' Hij keek op. 'Hoe is het: heb je nog meer noten op je zang?'

De Cock streek peinzend langs zijn kin.
'Bij het uitkleden... let nog even op kogels tussen de kleding. Het wil nog wel eens gebeuren, dat kogels het lichaam doorboren, maar dan in de kleding van het slachtoffer blijven steken.'
Vledder pakte een vel papier en maakte enige aantekeningen.
'En verder?'
De Cock schudde het hoofd.
'Verder niets. Doe dokter Rusteloos in ieder geval van mij de groeten. En als je klaar bent, kom je terug naar de Kit.' Hij stond op en beende naar de kapstok.
Vledder keek hem geïnteresseerd na.
'Wat ga jij intussen doen?'
De Cock draaide zich half om.
'Een condoleantie-bezoek afleggen.'
Vledder grinnikte.
'Bij de treurende weduwe?'
Met één arm in één mouw van zijn regenjas, bleef De Cock bij de kapstok staan. In zijn voorhoofd lag een diepe denkrimpel. 'Misschien,' sprak hij bedachtzaam, 'misschien treurt de weduwe wel helemaal niet.'
De Cock sukkelde met de volkswagen van het Schouw over de Jaagweg naar Purmerend. Links van hem voeren zwaar beladen vrachtschepen door het Noordhollands-Kanaal. Ze hadden zo zijn aandacht, dat hij de Gorslaan bijna miste en door het rode licht reed. Midden op de kruising kwam hij tot stilstand. Een woedende automobilist wees met een vinger naar zijn voorhoofd en De Cock beduidde dat de man, wat hem betrof, volkomen gelijk had. Daarna schakelde hij driemaal verkeerd en slaakte een zucht van verlichting toen hij uiteindelijk toch nog ongekreukeld in de juiste richting reed.
De Cock hield niet van automobielen. En voor motoren miste hij elk gevoel. Poken en hendels waren hem een gruwel. Hij startte steevast in de derde versnelling en om achteruit te rijden, raadpleegde hij altijd eerst het schema op de kop van de versnellingspook.
De Cock vormde een gevaar op de weg, en hij was dan ook de eerste, die bereid was dat volledig toe te geven. Hij trok een verfrommeld briefje uit het borstzakje van zijn colbert. Vledder had het hem die morgen gegeven.

'Reigerspark,' stond er, 'nummer 218.' Het was een villawijk, wist hij, in Purmerend in het uitbreidingsplan Overwhere II.
Zonder veel omwegen reed hij het park binnen en parkeerde de auto bij de inrit van een lage bungalow, opgetrokken uit wit geglazuurde baksteen. Hij sloot de wagen zorgvuldig af en slenterde over het rulle grind naar de voordeur. Op een bijzonder fraai uitgevoerd naambord – zacht glanzend wit marmer met in goud uitgehouwen letters – stond 'Alexander Peetersen, accountant'.
De Cock belde en luisterde naar het geluid van de ding-dong in de hal. Na ongeveer een minuut werd de deur geopend. Voor hem stond een knappe vrouw. De Cock schatte haar achter in de dertig. Ze zag er keurig uit, in conventionele zin. Ze droeg een effen bruine kamgaren rok en een beige zijden blouse met een opstaand kraagje en een ballon-mouw.
De speurder lichtte zijn hoed en produceerde zijn innemendste glimlach.
'Mijn naam is De Cock,' sprak hij vriendelijk, 'ik ben rechercheur van politie in Amsterdam, aan het bureau Warmoesstraat.'
Ze staarde hem verwonderd aan en De Cock constateerde, dat haar grote, bruine, amandelvormige ogen aan haar ovaal gelaat een bijzondere, haast exotische expressie gaven.
'Recherche... politie... Warmoesstraat?'
Haar stem klonk warm, melodieus, met een ondertoon van angst.
De Cock knikte.
'Maar weest u gerust, wij zijn bij ons aan de Warmoesstraat niet zo slecht en verdorven als onze reputatie doet vermoeden.' Hij sprak met een glimlach. Daarna versomberde zijn gelaat. Hij veranderde van toon. 'Ik wilde met u praten over uw eh... over uw man.'
'Mijn man?'
Ze reageerde weifelend.
De Cock keek haar schuins aan.
'U eh... u bent toch... was toch mevrouw Peetersen?'
Ze trok haar rug recht. Er verschenen blosjes op haar wangen.
'Inderdaad,' sprak ze ferm. 'Ik ben mevrouw Peetersen. Nog steeds.'
De Cock proefde de toon.
'Uw man bezat een adres aan de Koningin Emmalaan in Amsterdam. Wij hebben vanmorgen bij het Bevolkingsregister in Amsterdam geïnformeerd. Tot ongeveer een jaar geleden woonde hij hier

in het Reigerspark in Purmerend en was hij gehuwd met Margaritha Meijerink.'
'Dat ben ik.'
'U woont niet meer samen?'
Ze schudde langzaam haar hoofd en monsterde de man voor haar. Even weifelde ze nog, toen deed ze de deur verder open.
'Komt u binnen, rechercheur. Wilt u koffie? Ik heb net gezet.' Ze deed de deur achter zich dicht en ging de speurder voor naar een ruim L-vormig vertrek met een indrukwekkende open haard. Ze wees naar een paar diepe fauteuils. 'Neemt u plaats. Melk en suiker?'
De Cock keek toe hoe ze over glanzende plavuizen naar een open keuken schreed. Hij had in zijn lange rechercheleven geleerd zich over niets meer te verbazen, maar om zo'n vrouw en thuis op te geven...
Ze onderbrak zijn overpeinzingen.
'Is er iets met Alex?'
De Cock antwoordde niet.
Ze zette een kop dampende koffie op een tafeltje naast zijn fauteuil en ging tegenover hem zitten. Gracieus, de benen over elkaar geslagen. Ze keek hem aan en opnieuw onderging De Cock de betovering van haar blik. Het gaf hem een warm gevoel.
'Alex,' sprak ze, 'heeft de bewonderenswaardige gave om steeds in moeilijkheden te geraken. Daarom leven we ook gescheiden. Ik was het beu.'
'Vrouwen?'
'Ook.' Ze schonk De Cock een droeve glimlach. 'Misschien dat je dat als vrouw het meest raakt. Maar er waren ook andere zaken.'
'Zoals?'
'Schulden. Alex kan niet met geld omgaan.' Ze gebaarde om zich heen. 'Als mijn familie bij ons huwelijk niet zo had aangedrongen op huwelijkse voorwaarden, dan was ik dit al lang kwijt geweest.'
'En zijn accountantskantoor?'
Ze glimlachte vertederd.
'Er zijn een paar oude getrouwen. Nog uit de tijd, dat zijn vader het kantoor leidde. Zij voeren in feite het beheer. En dat is maar goed ook.' Ze pauzeerde even en keek De Cock onderzoekend aan. 'Wat heeft Alex nu weer gedaan?'

De Cock pakte bedachtzaam zijn koffie van het tafeltje, roerde en nam een slok.
'Ik eh... ik weet niet wat Alex heeft gedaan,' sprak hij voorzichtig, hoofdschuddend. 'Ik weet alleen wat hem is overkomen.'
Er kwam een waakzame blik in haar ogen.
'Overkomen?'
Ze proefde het woord op de tong.
De Cock zette kop en schotel op het tafeltje terug. Zijn bewegingen waren traag, omzichtig, gericht op effect.
'Wij hebben uw man gisteravond laat gevonden. Rond middernacht. Wij konden u vannacht niet meer bereiken.'
In zijn stem trilde spijt, verontschuldiging. 'Wij kenden uw adres niet.'
Ze kwam uit haar fauteuil overeind. Uit de hoogte blikte ze op hem neer.
'Waarom wilde u mij bereiken?'
De Cock wreef zich achter in de nek. Een gevoel van onmacht overviel hem. Hij had bij dergelijke gelegenheden nooit de juiste volzinnen bij de hand.
'Om eh... om u te zeggen,' stotterde hij, 'dat uw man...'
Ze staarde hem aan. Het was alsof plotseling begrip bezit van haar nam.
'Is Alex... is hij dood?'
De Cock ontweek haar blik; liet zijn hoofd zakken.
'Vermoord,' sprak hij zacht.
Ze knikte traag, aanhoudend, liet het woord op zich inwerken.
'Vermoord,' herhaalde ze. 'Vermoord.' Ze liet zich weer in de fauteuil vallen. De handen gevouwen in haar schoot. 'Vermoord... hoe onzinnig.'
De Cock keek haar onderzoekend aan. Het ovale gelaat was strak, bleek, gespannen. Maar tranen waren er niet. De bruine ogen blikten helder naar hem op.
'Waarom?'
De Cock kauwde op zijn onderlip.
'Als ik dat wist,' sprak hij ernstig, 'was ik een heel stuk verder. Het is mijn taak de moord op uw man te onderzoeken. Motieven zijn daarbij belangrijk.' Hij wees in haar richting. 'Had uw man vijanden?'
Mevrouw Peetersen trok haar smalle schouders op.

'Alex was nogal gesloten van aard,' sprak ze zacht. 'Hij vertelde nooit veel over zijn moeilijkheden. Ik heb hem dat wel verweten. Alex meende, dat hij mij daarmee niet mocht belasten. Ik heb ook nooit geweten hoe hij aan die vele schulden kwam. Hij sprak wel over een 'slecht beheer', maar ik heb altijd het gevoel gehad, dat hij de ware reden voor mij verzweeg.'
'Heeft u kinderen?'
Ze zuchtte.
'Een zoon... Richard. Hij is zeven jaar. In september geworden. Hij logeert nu bij mijn moeder.'
De Cock voelde zich wat verlegen.
'Sloeg uw man u wel eens?'
Ze fronste haar wenkbrauwen.
'Slaan?'
De Cock knikte met een ernstig gezicht.
'Ik besef, dat het een onplezierig onderwerp voor u is, maar oefende uw man wel eens fysiek geweld op u uit? In een woedeuitbarsting of uit een soort erotisch sadisme?'
Mevrouw Peetersen schudde heftig het hoofd.
'Alex heeft mij nooit geslagen.' Er kwam een felle blik in haar bruine ogen. 'Ik zou het ook nooit hebben geduld.' De uitdrukking op haar gelaat werd iets milder. 'Ik geloof ook niet, dat Alex tot fysiek geweld in staat was. Hij was veeleer trouweloos, onbetrouwbaar. Al zijn moeilijkheden kwamen voort uit een gebrek aan zorgvuldigheid. Hij was net een groot verwend kind.'
'En dat trok u aan?'
Mevrouw Peetersen antwoordde niet direct. De plooien rond haar mond verstarden.
'Ik zal er in ieder geval op toezien, dat mijn zoon Richard als man wel zijn verantwoordelijkheden kent.'
'Alex kende die niet?'
'Niet altijd... meestal niet.'
De Cock streek over zijn haar. De starre, haast koele houding van de vrouw beviel hem niet. Het was alsof ze rond haar hart een veste had gebouwd, een onneembaar bastion, waarachter zij haar diepere gevoelens verborg. Koortsachtig zocht hij naar een opening.
'Die schulden,' begon hij voorzichtig, 'zouden dat speelschulden geweest kunnen zijn?'
'Of hij wel eens in casino's kwam?'

De Cock glimlachte.
'Er gaat meer geld om in illegale gokhuizen dan in wettelijk toegestane casino's. Die geheime speelholen zijn erg in trek. Bovendien heeft men daar krediet... tot bepaalde limieten.'
Ze keek hem onderzoekend aan.
'U bedoelt, dat Alex die eh... die bepaalde limieten heeft overschreden?'
'Bijvoorbeeld.'
Mevrouw Peetersen schudde ferm het hoofd.
'Ik denk meer aan chantage.'
De Cock trok zijn wenkbrauwen op.
'Chantage... heeft u aanwijzingen in die richting?'
'Nee, dat niet. Geen enkele. Het is meer een gevoel.'
De Cock kwam uit zijn fauteuil overeind. Het gesprek verliep niet zoals hij wilde. Het leek hem beter aan het onderhoud een eind te maken.
'Weet u wat voor wagen uw man heeft?'
Ze trok achteloos haar schouders op.
'Hij had een Chevrolet, maar hij zal inmiddels wel weer een nieuwe wagen hebben.'
De Cock slenterde naar de hal.
'Wie kan het weten? Wij hebben behalve zijn rijbewijs geen autopapieren bij hem gevonden.'
Mevrouw Peetersen stapte achter hem aan.
'Misschien weten ze het op kantoor.' Ineens veranderde haar stem. 'En zij zal het weten.'
De Cock draaide zich met een ruk om. De veranderde toon had hem verrast.
'Wie?'
Ze toonde voor het eerst iets van emotie.
'Jozefien Hoffmann.'
De Cock slikte.
'Jozefien... uit Amstelveen?'
De mond van mevrouw Peetersen werd een strakke lijn. Haar neusvleugels trilden en in haar ogen blonk haat.
'Die del uit de goot... ze heeft al meer dan een jaar een verhouding met hem.'

6

'Een verhouding?'
De Cock knikte. 'Volgens mevrouw Peetersen al meer dan een jaar.'
Vledder trok een droeve grimas. 'Dat is toch niet zo'n mooie ontwikkeling voor Jozefien. Ik denk, dat de officier van justitie er nu weinig voor zal voelen haar op korte termijn in vrijheid te stellen.'
De Cock haalde zijn schouders op. 'Ik weet het niet. Het heeft weinig zin,' sprak hij achteloos, 'om eerst je man en daarna je minnaar om zeep te laten brengen.'
Er dartelde een glimlach om zijn lippen. 'Je blijft als jonge vrouw dan zo onverzorgd achter.'
Vledder knikte met een ernstig gezicht. Het grapje ontging hem.
'Hoe je het ook bekijkt... het zijn twee mannen uit haar directe omgeving. Het motief voor beide moorden moet toch op een of andere manier aan haar persoon zijn gekoppeld.'
De Cock ging in de stoel achter zijn bureau zitten. 'Volgens jou moet Jozefien Hoffmann ons de draad naar de oplossing kunnen geven.'
'Ja, zij of haar vader, mogelijk in combinatie met Rooie Bakker.'
De Cock leunde in zijn stoel achterover en legde zijn benen op de rand van zijn bureau. 'En hoe wil je daar een motief tussen schuiven?'
Vledder gebaarde in zijn richting. 'We kunnen gevoeglijk aannemen, dat Rooie Bakker zich met smerige praktijken bezighoudt... chantage, oplichting.'
De Cock schudde het hoofd. 'Maar hij lijkt mij geen moordenaar. Daarvoor is hij mijns inziens te laf.'
'Hij kan het laten doen.'
De Cock vroeg: 'Waar ligt dan zijn winst? Rooie Bakker is een sluwe, geslepen man. Iemand, die steeds op eigen voordeel is bedacht. Een man ook, die alle risico's vermijdt.' Hij zuchtte diep.
'Als het in de combinatie ligt die je noemde, dan blijft alleen Handige Henkie als mogelijke dader over. Hij kan gevoelsmotieven hebben, geweven om zijn enige dochter, met wie hij een sterke emotionele band heeft.' Hij keek naar Vledder op. 'Toen ik uit

Purmerend wegreed, heb ik zelfs even aan mevrouw Peetersen gedacht. Zij is een onderkoelde vrouw, gedreven door hartstocht en haat.'
'Haat... jegens wie?'
'Jozefien... die del uit de goot.'

Ze reden met een matig gangetje achter het Koninklijk Paleis om naar de Raadhuisstraat en de Rozengracht. Vledder reed met het gemak van een ervaren coureur. Hij keek naar De Cock, die naast hem zat. 'Denk je, dat we erbij mogen?'
De Cock grinnikte. 'Zeker. Dat durft Van Wijngaarden mij niet te weigeren. Door de verklaring van mevrouw Peetersen is Jozefien Hoffmann ook een onderdeel van mijn onderzoek geworden. We zullen de zaken toch moeten coördineren. Heb je al uitslag van het laboratorium?'
Vledder schudde zijn hoofd. 'Ik heb gebeld. Het onderzoek is nog niet helemaal voltooid. Maar het rapport volgt spoedig. Het ziet er wel naar uit, zeiden ze, dat de hulzen, die gevonden zijn bij Hoffmann en bij Peetersen, uit hetzelfde wapen afkomstig zijn.'
De Cock knikte begrijpend.
'Hoe was de sectie?'
Vledder glimlachte. 'Dokter Rusteloos werkte als een bezetene. Ik geloof dat hoe ouder hij wordt, hoe sneller hij gaat werken. Hij was in ruim vijf kwartier klaar.'
'En?'
'Alle drie schoten waren dodelijk. Dwars door het hart. Hij heeft ook met een sonde de baan van de schoten laten zien. Als je aanneemt... en dat lijkt mij redelijk... dat Peetersen rechtop stond op het moment, dat de kogels hem troffen, dan is de schutter of een bijzonder klein gebouwde man of vrouw, of hij of zij schoot vanuit de heup. In dat laatste geval moet de schutter of schutster over bijzondere vaardigheden beschikken.'
'Was de baan van de schoten bij Hoffmann identiek?'
Vledder knikte heftig. 'Ik heb er dokter Rusteloos speciaal naar gevraagd. Hij zag ook in beide moorden dezelfde hand.'
Ze reden een tijdje zwijgend voort. Toen ze het politiebureau aan de Lodewijk van Deysselstraat naderden, hees De Cock zich wat omhoog. Hij plukte aan het puntje van zijn neus.
'Rijst?' vroeg hij achteloos.

Vledder gniffelde.
'Inderdaad. Rijst. Het was een uitstekend idee. Peetersen heeft kort voor zijn dood nog uitgebreid Chinees gedineerd.'
'Heb je er al wat mee gedaan?'
Vledder knikte nadrukkelijk.
'Ik heb nog tijdens de sectie... Rusteloos was nog niet aan het dichtnaaien toe... Fred Prins gebeld en hem gevraagd om met een foto van de dode Peetersen de Chinese restaurants in de omgeving na te gaan. Hij was dan ook al op weg voordat jij van dat verhoor in Purmerend terugkwam.'
De Cock keek zijn collega van terzijde aan.
'Weet je, Dick Vledder,' in zijn stem trilde bewondering, 'jij wordt nog eens een groot rechercheur.'

Rechercheur Van Wijngaarden drukte de speurder hartelijk de hand.
'De grote meester,' sprak hij met milde spot, 'komt voor de tweede maal hoogstpersoonlijk naar het nederige politiebureau aan de Lodewijk van Deysselstraat. Dat moet worden vastgelegd. Ik zal straks beneden in het dagelijks rapport van de wachtcommandant een mutatie plaatsen... dertien uur vijf... De Cock was hier.'
Vledder grinnikte vrolijk.
'Kun je nagaan wat mij allemaal overkomt; met zo'n beroemdheid ben ik bij nacht en ontij in de weer.'
De Cock keek zwijgend naar het tweetal op; een twinkeling in de ogen. Hij kon de lichte spot van zijn collega's wel waarderen. Hij liet hen begaan. Na een poosje wendde hij zich tot Van Wijngaarden.
'Hoe lang denk jij Jozefien Hoffmann nog van haar vrijheid beroofd te houden?' kaatste hij.
Van Wijngaarden stak afwerend een hand op. Het gebeurde wat heftig. Emotioneel.
'Er is geen sprake van vrijheidsberoving*,' brieste hij. 'Jozefien Hoffmann is verdacht. En dat op zeer redelijke gronden. Dat heb ik je de vorige keer ook al gezegd. En de officier van justitie denkt er net zo over. Hij wordt in alles gekend.'

* Een misdrijf uit het Wetboek van Strafrecht.

De Cock grinnikte om de wat felle reactie.
'Is Rooie Bakker nog bij je geweest?'
Van Wijngaarden schudde zijn hoofd.
'Die Rooie Bakker schijnt volkomen spoorloos verdwenen te zijn. Jouw oude vriend Handige Henkie is vrijwel dag en nacht hier om te vragen of wij al iets van hem hebben gehoord.'
De Cock trok zijn wenkbrauwen samen.
'Hij kan hem zelf niet vinden?'
Van Wijngaarden lachte.
'Ik heb zo het idee, dat Handige Henkie de hele Amsterdamse penoze heeft gemobiliseerd om Rooie Bakker boven water te brengen.'
De Cock stak zijn handen naar voren.
'Maar er zijn sinds mijn vorige bezoek toch wel nieuwe ontwikkelingen?'
Van Wijngaarden knikte bedaard.
'Jozefien heeft er een motief bij.'
De Cock keek hem onderzoekend aan.
'Wat voor een motief?'
'Jozefien heeft een minnaar. Vermoedelijk al geruime tijd. Begrijp je, ze had er ook in dat opzicht duidelijk belang bij, dat haar wettige ega naar de andere wereld werd geholpen.'
De Cock glimlachte fijntjes.
'En wie is die mysterieuze minnaar?'
Het klonk spottend.
Rechercheur Van Wijngaarden streek verlegen over zijn haar.
'Dat eh... dat weten we nog niet,' sprak hij wat weifelend. 'Jan-Willem Hoffmann schijnt tijdens zijn leven iets van een relatie van zijn vrouw Jozefien met een andere man te hebben gemerkt. Hij heeft er in ieder geval met zijn ouders over gesproken.'
'Hoe lang geleden?'
'Nog geen maand voor zijn dood.'
'En de identiteit van die minnaar ken je niet?'
Van Wijngaarden schudde zijn hoofd.
'Ik heb er Jozefien Hoffmann wel over benaderd, maar ze weigert er iets over te zeggen. Ze beweert zelfs, dat er geen minnaar was.'
'En je weet ook niet in welke richting je die door Jozefien ontkende vrijer zou moeten zoeken?'

'Geen flauw idee.'
De Cock grijnsde breed. In zijn grijze ogen lag een triomfantelijke blik.
'Wij... wij weten het wel.' Hij glimlachte ontspannen en wees achteloos met zijn duim over zijn schouder. 'Je kunt hem zorgvuldig opengepeuterd vinden in het sectielokaal aan de Overtoom.'
De mond van Van Wijngaarden viel open van verbazing.
'Wat?' bracht hij uit.
De Cock knikte.
'Alexander Peetersen.'

Ze zag er slecht uit. Onverzorgd. Dor. Het verblijf in een cel in het politiebureau aan de Lodewijk van Deysselstraat had haar schoonheid aangetast. Het lange blonde haar was in een simpele paardestaart samengebonden. De huid was vaal; glansde niet. Maar haar ogen schoten fel heen en weer en de trek om haar mond was harder.
Jozefien Hoffmann had de strijd voor haar vrijheid nog niet opgegeven. Ze boog zich in het kleine verhoorkamertje dicht naar De Cock toe.
'Ze zijn hier bijzonder achterdochtig,' sprak ze zacht, fluisterend. 'Ik moet elk woord dat ik zeg, op een goudschaaltje wegen.'
'Heb je daarom verklaard, dat je geen minnaar had?'
Ze keek hem aan. De harde lijn om haar mond verstarde.
'Ik heb geen minnaar,' zei ze kort, verbeten.
De Cock trok zijn gezicht in een ernstige plooi.
'Dat klopt,' sprak hij hard, cynisch. 'Je hebt geen minnaar meer. Hij werd gisteravond doodgeschoten.'
Haar ogen sperden zich wijd open.
'Doodgeschoten?'
De Cock knikte traag.
'Alexander Peetersen... vermoord... op dezelfde manier als je man.'
Een tijdlang staarde ze hem verbijsterd aan. Toen legde ze haar armen op het tafeltje voor zich en liet haar hoofd daarop zakken. Haar schouders schokten.
De Cock liet haar een tijdje begaan. Hij strekte zijn hand naar haar uit en beroerde haar blonde haren.
'Na alles wat je met Jan-Willem hebt meegemaakt,' sprak hij

zacht, 'begrijp ik het... van Alex.'
Ze richtte haar hoofd naar hem op. Tranen hadden haar gezicht nog meer ontluisterd.
'Alex was een lieve man... echt een lieve man... zacht, gevoelig.'
Ze kneep haar ogen dicht en schudde haar hoofd. 'Doodgeschoten... waarom?'
De Cock zuchtte diep.
'Dat vroeg mevrouw Peetersen ook. Ik kan op die vraag geen antwoord geven. Nog niet. Maar ik beloof je, dat ik...'
Jozefien onderbrak hem.
'Wat zei ze van mij?'
'Wie?'
'Mevrouw Peetersen.'
Er viel een korte stilte.
'Het was niet bepaald vleiend,' sprak hij aarzelend. 'Ze had het over 'die del uit de goot'.'
Jozefien Hoffmann liet haar blonde hoofd weer zakken.
'Ik kan mij dat, van haar standpunt uit, wel indenken.' Ze sprak hees, bijna fluisterend. 'Mevrouw Peetersen komt van goeden huize. Net als Alex. Een oud geslacht. Er was veel geld. In beide families.'
De Cock bracht zijn hand onder haar kin en drukte die iets omhoog. Hij keek haar vriendelijk aan.
'Misschien kwam het wel van roof,' sprak hij ernstig, 'of van de slavenhandel. Onze voorvaderen waren niet zo kieskeurig als het om geld ging.'
Ze trok haar schouders op.
'Vader brak in. Dat wist iedereen.'
De Cock knikte traag.
'Inderdaad... de kruidenier, de slager, de bakker om de hoek... iedereen wist hoe Handige Henkie aan zijn geld kwam. Toch namen ze het aan. Niemand zei: jou wil ik niet leveren.' Hij blikte naar haar op. 'Zo is het met geld, Jozefien... het stinkt niet.'
Ze kneep haar lippen samen tot een strakke lijn.
'Als ik vrij kom,' riep ze strijdvaardig, 'zal ik haar dat 'del uit de goot' nog wel eens inpeperen.'
De Cock schudde zijn hoofd.
'Dat doe je niet. Je hoeft haar woorden niet waar te maken.'
Hij zweeg even en veranderde van toon. 'Hoe heb je Alexander

Peetersen leren kennen?'
'Op een party van vrienden.'
'Kende Jan-Willem jouw Alex?'
Ze trok haar bovenlip iets op.
'Ik heb ze uiteraard nooit aan elkaar voorgesteld.'
De Cock schudde glimlachend het hoofd.
'Op die party... was Jan-Willem daar ook?'
'Nee. Het was de eerste keer dat ik alleen ergens heen ging.'
'Alexander Peetersen behoorde niet tot de kennissenkring van Jan-Willem?'
'Nee.'
'Zakelijke relaties?'
Ze aarzelde.
'Niet voor zover ik weet. Ik heb er Alex nooit over gehoord.'
'Jan-Willem heeft ongeveer een maand voor zijn dood iets van een verhouding van jou met een andere man vermoed. Hij heeft er met zijn ouders over gesproken.'
Ze kneep haar ogen iets toe.
'Wist hij wie het was?'
De Cock schudde zijn hoofd.
'Vermoedelijk niet. Hij heeft in ieder geval tegen zijn ouders geen naam genoemd. Maar mevrouw Peetersen wist deksels goed met wie haar man een verhouding had.'
Jozefien Hoffmann knikte begrijpend.
'Alex heeft met zijn vrouw over mij gesproken. Dat heeft hij mij verteld.'
'Waarom heb je aanvankelijk voor mij verzwegen dat je een minnaar had?'
Ze wreef over haar dorre haar, een teken van vermoeidheid.
'Ik was bang,' sprak ze loom, 'dat het later tegen mij zou worden gebruikt. Ik begreep best, dat het als een motief kon worden gezien.'
De Cock stond op. Vanuit de hoogte keek hij op haar neer.
'Jozefien... ben je betrokken bij de moord op je man?'
Ze keek naar hem op en schudde haar hoofd.
'Ik zweer het je op de gezondheid van mijn beide kinderen.'
In de ogen van de speurder lag een blik van verwijt.
'Ik ken een Oudhollands gezegde: wie licht zweert... wie licht liegt.'

Ze kwam getroffen overeind en greep met beide handen de revers van zijn colbert vast.
'De Cock...,' ze schreeuwde en ze schudde hem heen en weer, 'in godsnaam... geloof me.'

7

'En?'
'Ik ben geneigd haar te geloven.'
Vledder schudde afkeurend het hoofd. 'Twee moorden, twee mannen en beiden hadden een relatie met Jozefien.'
De Cock grinnikte. 'Wat wil je daarmee zeggen? Jozefien een soort femme fatale... een fatale vrouw... elke man, die met haar tot een intiem contact komt, is ten dode opgeschreven?' Hij wreef met zijn hand over zijn kin en schudde het hoofd. 'Zoveel magische krachten dicht ik haar niet toe.'
Vledder haalde weifelend zijn schouders op.
'Misschien heb je wel gelijk... heeft ze er niets mee te maken. Toch blijft het merkwaardig. De moorden zijn vrijwel identiek. Het heeft er alle schijn van, dat ze door een en dezelfde persoon zijn begaan. Alleen de vindplaats is anders. Verder is er geen verschil.'
'Heb je de spulletjes bekeken, die Jan-Willem Hoffmann tijdens de moord bij zich droeg?'
'Ja. Ook hij had een prachtige agenda in leer gebonden.'
'Heb je hem meegenomen?'
Vledder schudde zijn hoofd. 'Ik heb het wel geprobeerd, maar Van Wijngaarden had hem nodig voor zijn onderzoek. Er stond ook niet veel bijzonders in. Van de belangrijkste bladzijden heb ik een fotokopie gemaakt.' Hij pauzeerde even. 'Ook bij de eigendommen van Jan-Willem Hoffmann was een kaart van Amsterdam.'
De Cock keek geschokt op.
'Nieuw... met een kruisje?'
Vledder knikte met een ernstig gezicht. 'Een splinternieuwe kaart. Zo uit de boekwinkel. Het bewuste grindpad in het Rembrandtpark was nauwkeurig aangeduid.'

'Weet Van Wijngaarden al hoe Jan-Willem Hoffmann aan die kaart kwam?'
De jonge rechercheur stopte voor het rode licht. 'Hij heeft het ook niet onderzocht. Hij vond het niet belangrijk.'
De Cock kwam wat omhoog.
'Niet belangrijk?'
'Nee. Hij redeneert: iemand... de moordenaar, maakt een afspraak met zijn aanstaande slachtoffer en deze – Jan-Willem Hoffmann dus – kruist op een kaart van Amsterdam de bewuste plek aan.'
De Cock gebaarde heftig. 'Heb je tegen Van Wijngaarden gezegd, dat Alexander Peetersen ook zo'n kaart van Amsterdam bij zich had?'
Vledder knikte. 'Volgens onze collega was dat heel begrijpelijk. Het Rembrandtpark is vrij nieuw... enkele jaren oud. Niet iedere Amsterdammer weet waar het ligt. Dat is ook zo, meent hij, met het tracé van de metro aan de Lastageweg. Beide plekken hebben geen traditie.'
De Cock grijnsde breed. 'Larie. De twee plaatsen zijn zorgvuldig gekozen. Weloverwogen. Ik ben ervan overtuigd, dat de moordenaar of moordenares, zijn of haar slachtoffer heel simpel een uitnodiging heeft gestuurd.'
Vledder blikte verrast opzij.
'Compleet met een kaart van Amsterdam, waarop de plek stond aangegeven waar de dodelijke ontmoeting zou plaatsvinden.'
De Cock wees naar een verkeerszuil voor hen.
'Het licht staat op groen,' sprak hij kalm.

Meindert Post, de wachtcommandant uit Urk, brulde, zoals zijn voorvaderen dat op de oude botters deden wanneer ze elkaar op zee voorbijvoeren. De muren van het bureau aan de Warmoesstraat trilden onder de kracht van zijn stem. 'De Cock, mensenlief... waar hang je altijd uit... er zit boven een man op je te wachten.'
'Alweer?'
'Ja.'
'Wie?'
'Dat weet ik niet. Hij zegt, dat hij een oude vriend van je is.'
De Cock knikte begrijpend en haastte zich met drie treden tegelijk, zich vasthoudend aan de trapleuning, omhoog. Vledder volgde in een bedaarder tempo.

Op de bank op de tweede etage zat Handige Henkie. Hij zag er slecht uit, grauw, met diepe wallen onder de ogen. Er staken stoppels uit zijn kin en zijn grijze overjas zat vol kreukels. De inbreker had duidelijk al vele nachten zijn bed niet gezien. Toen hij de speurder in het oog kreeg, stond hij onmiddellijk op. 'De Cock...' in zijn stem klonk wanhoop, 'het gaat verkeerd zo. Beslist. Er moet snel iets gebeuren. Straks denken ze nog, dat het kind er werkelijk de hand in heeft.'
De Cock nam hem mee naar zijn bureau en schoof een stoel bij.
'Wist jij dat Jozefien een minnaar had?'
Handige Henkie wreef langs zijn ogen.
'Natuurlijk wist ik dat,' sprak hij vermoeid. 'Maar dat heeft er niets mee te maken.'
'Alexander Peetersen werd vermoord.'
'Dat is toeval.'
De Cock schudde het hoofd.
'Allebei de moorden zijn zorgvuldig voorbereid.'
Handige Henkie zuchtte diep. 'Ik bedoel... het is toeval, dat het slachtoffer juist Alex was... een man, die een verhouding had met mijn Jozefien. Begrijp je, die verhouding heeft met het motief voor de moord niets te maken.'
De Cock keek hem schuins aan.
'Wat is dan het motief?'
Handige Henkie hief zijn armen ten hemel. 'Goeie God... als ik dat wist, dat zou ik je dat toch zeggen. Dat kind moet vrij. Ze gaat kapot in die cel.'
'Waar is Rooie Bakker?'
Henkie kneep beide ogen dicht en schudde langzaam zijn hoofd. 'Ik weet het niet... ik weet het niet. Ik heb alles overhoop gehaald... iedereen gevraagd. Maar het is net alsof hij van de aardbodem is verdwenen.'
De Cock leunde wat achterover.
'De Rooie leeft van chantage.'
De inbreker knikte. 'Het heeft weinig zin dat tegen jou te ontkennen.'
'Ken jij al zijn eh... donateurs?'
Handige Henkie schudde geërgerd het hoofd.
'Natuurlijk niet.'
'Zijn er mensen bij uit de omgeving van Jan-Willem Hoffmann of

Alexander Peetersen?'
'Heb ik nooit over gehoord.'
'Wist Rooie Bakker van de intieme verhouding van Jozefien met Alexander Peetersen?'
Handige Henkie haalde gelaten zijn schouders op.
'Misschien. Maar hij zou nooit het lef hebben gehad...'
De Cock stak protesterend zijn hand op.
'Hij had het lef om Jozefien een aanbod tot moord te doen... en hij had het lef om de ouders van Jan-Willem Hoffmann een interessant verhaaltje over jouw dochter te vertellen.'
Handige Henkie klemde zijn lippen op elkaar tot een dunne strakke lijn. Hij keek De Cock aan; een felle blik in zijn staalblauwe ogen.
'Ik bezweer het je, De Cock,' sprak hij dreigend, 'dat was het laatste verhaaltje, dat Rooie Bakker in zijn leven deed.'
Hij stond kalm op en beende zonder een enkele groet de recherchekamer uit. De Cock keek hem na. Om zijn lippen speelde een geheimzinnig lachje.

'Hoe ver kom je?'
Vledder wees naar het vel papier voor zich.
'Ik heb alles naast elkaar gezet... lengte, leeftijd, gewicht, beroep, interessen, maatschappelijke relaties... ik kan tussen beide slachtoffers geen punten van overeenkomst vinden. Je kunt hoogstens zeggen, dat beiden 'welgesteld' waren: ze beschikten over enig kapitaal, konden zich financieel wat veroorloven. Maar verder zijn ze totaal verschillend.'
De Cock staarde nadenkend voor zich uit.
'Toch werden ze vermoedelijk door een en dezelfde persoon vermoord.'
Vledder streek door zijn blonde haar.
'Juist dát intrigeert mij zo. Als we het ons bekende trio... Rooie Bakker, Handige Henkie en de bekoorlijke Jozefien... buiten beschouwing laten, dan zullen we ons moeten richten op relaties van beide slachtoffers buiten het drietal om. Waarschijnlijk mensen, die tot nu niet binnen ons gezichtsveld zijn gekomen.'
De Cock keek hem aan en grijnsde.
'Dat is het eerste verstandige woord, dat je in maanden hebt gesproken.'
Vledder maakte een dreigend gebaar. 'Dat is een rot-opmerking,'

sprak hij grinnikend. 'Als je jonger was, daagde ik je nu onmiddellijk uit voor een straatgevecht.'
De Cock trok achteloos zijn schouders op.
'Wat let je? Je mag het grijs in mijn haar gerust vergeten. Ik heb in mijn leven grote straatvechters gekend: Teun van der Vaart, Haring Arie, Buck Jones, Haagse Puck... mensen, die in hun gloriejaren de Zeedijk en omgeving onveilig maakten. Uit die tijd heb ik nog een hoge hoed vol gemene straattrucs in voorraad.'
Aad van Ishoven, de onbetwiste leider van de administratieve staf van het politiebureau Warmoesstraat, kwam de recherchekamer binnen en bleef voor het bureau van De Cock staan. Hij wees triomfantelijk naar een map onder zijn arm. 'Ik heb het toch gevonden.'
'Wat?'
Aad van Ishoven keek De Cock verwonderd aan.
'Ik dacht, dat het belangrijk was,' sprak hij wat verongelijkt. 'Je maakte zo'n stampei. Die arme Frans is er nog van ondersteboven.'
De Cock fronste zijn wenkbrauwen. 'Dat was,' sprak hij voorzichtig, 'omdat ik mij meende te herinneren, dat die Jan-Willem Hoffmann wel eens op dit bureau is geweest.'
'Inderdaad.'
'En?'
'Je had gelijk. Die Jan-Willem Hoffmann komt toch in onze administratie voor.'
De Cock was verrast.
'Hoe?'
Aad van Ishoven legde de map op het bureau van De Cock en sloeg hem halverwege open. 'Frans heeft toen gezocht in het verdachtensysteem en daarin komt hij inderdaad niet voor.' Hij keek De Cock aan. 'Omdat ik wel wat vertrouwen heb in jouw geheugen, ben ik verder gaan zoeken. Die Jan-Willem Hoffmann is wel op dit bureau geweest... alleen niet als verdachte, maar als aangever.'
'Waarvan?'
Van Ishoven nam een paar stukken uit de map.
'Het is wat vreemd,' begon hij. 'Jan-Willem Hoffmann stapte vorig jaar augustus, midden in de nacht, rond drie uur, het bureau binnen en zei tegen de wachtcommandant, dat hij een aanklacht wilde doen wegens chantage. De wachtcommandant noteerde zijn naam, geboortedatum en adres, schreef een korte mutatie in het

dagelijks rapport en zei tegen Hoffmann, dat hij om negen uur moest terugkomen, want dan was de recherche aanwezig.'
'Kwam hij?'
Aad van Ishoven schudde het hoofd. 'Hij kwam niet. Na een paar dagen gaf adjudant Kamphuis de bewuste mutatie uit het dagelijks rapport in handen van rechercheur Riggelink met de opdracht Hoffmann te benaderen.'
'En dat is gebeurd?'
Van Ishoven raadpleegde zijn administratieve bescheiden. 'Rechercheur Riggelink stuurde Hoffmann een brief met het verzoek om op dit bureau te verschijnen ten einde alsnog zijn aanklacht wegens chantage te doen. Hoffmann is inderdaad verschenen en bij die gelegenheid zal jij hem hier hebben gezien.'
De Cock staarde peinzend voor zich uit; trachtte het beeld in zijn herinnering terug te roepen.
'Deed hij een aanklacht?' vroeg hij na een poosje.
Aad van Ishoven schudde het hoofd. 'Ik heb hier het rapport, dat rechercheur Riggelink over de affaire heeft gemaakt. Het is maar een halve pagina. Hoffmann zei, dat de situatie zich inmiddels had gewijzigd en dat hij niet meer geïnteresseerd was in een onderzoek van de recherche. Riggelink heeft nog betoogd, dat Hoffmann zich gerust kon uitspreken, dat hij van de zijde van politie en justitie op uiterste discretie kon rekenen. Het hielp niet.'
De Cock knikte begrijpend. 'En daarmee uit. Er is dus nooit een zaak van gekomen.' Het klonk somber. Hij nam het rapport van Van Ishoven over en las het door. Over de gronden, die Jan-Willem Hoffmann hadden bewogen om die bewuste nacht het politiebureau aan de Warmoesstraat binnen te stappen, werd met geen woord gerept. Er was wel naar gevraagd, maar Jan-Willem Hoffmann – zo stond in het rapport – had daar niet over willen uitweiden.
Hij gaf het document aan Van Ishoven terug. 'Dank je, Aad,' zei hij alleen. Hij schonk de administrateur een milde glimlach. 'Ik had het ook kunnen weten; jouw administratie klopt altijd.'
Toen Aad van Ishoven gevleid uit de recherchekamer was verdwenen, kwam Vledder naast hem staan. 'Dat helpt ons ook niet veel verder,' zei hij triest.
De Cock liet het hoofd wat zakken: een duidelijk teken van vermoeidheid.

'We weten in ieder geval,' zei hij, 'dat Jan-Willem Hoffmann op een of andere manier in een chantage-affaire was betrokken.'
Vledder slikte.
'Rooie Bakker?'
De Cock ging zitten, leunde achterover en legde zijn voeten op een hoek van zijn bureau. Met een van pijn vertrokken gezicht voelde hij aan zijn kuiten. Het was alsof geniepige kleine duiveltjes uit pure boosaardigheid met duizend spelden in zijn kuiten prikten. Hij kende de pijn. Ze kwam uit de holte van zijn voeten, trok langs zijn hielen omhoog en zette zich vast in zijn kuiten. Hij wist ook wat de pijn betekende. Telkens als zaken slecht liepen, zijn onderzoeken dreigden te verzanden, als hij het machteloze gevoel had volkomen in het duister te tasten, gaven helse duiveltjes acte de présence.
Vledder keek hem angstig aan.
'Vermoeide voeten?'
De Cock knikte traag en sloot de ogen. Enkele minuten bleef hij zo zitten, bewegingloos, geconcentreerd. Zijn markant gezicht leek een stalen masker. En toen, plotseling, in een uiterste explosie van kracht, haalde hij zijn benen van het bureau en rende naar de kapstok.
Vledder keek hem geïnteresseerd na; een flauwe glimlach om de lippen. De Cock in draf was een koddig gezicht.
'Waar ga je heen?'
De oude speurder keek grijnzend om. De sporen van pijn waren uit zijn gezicht verdwenen. Hij leek ontspannen, blij.
'Naar vriend Lowietje... ik vrees, dat alleen cognac mij nog kan redden.'

8

Ze slenterden door de Lange Niezel. Het was er druk. De wind van de laatste dagen was gaan liggen. Zacht voorjaarsweer had de mensen uit hun huizen gelokt. Voor de sex-bioscopen stonden mannen in de rij: nerveuze, lawaaierige Duitsers, kleine, fijngebouwde Marokkanen, Turkse gastarbeiders en een enkele stille Nederlander. Ook de schunnige etalages van de sex-shops trokken veel bekijks. Flarden dreunende popmuziek waaiden uit overvolle cafés. Een jong, wazig heroïne-hoertje zocht zich botsend een weg door de menigte en bij de sigarettenautomaten leunde een kolossale neger tegen de gevel. Zijn sterke witte tanden blonken in het felle licht van een hoge hanglamp. En terwijl hij met een vlijmscherpe stiletto achteloos het vuil van onder zijn nagels peuterde, gleden blikken uit zijn donkere ogen schattend naar de hem voorbijtrekkende wandelaars.

De Cock kende het beeld. Het was veranderd. De laatste jaren was het gemoedelijke wereldje van de prostitutie vervallen tot een criminele jungle, waarop de politie nog maar nauwelijks vat had. Een zwak justitieel beleid en een verregaande tolerantie van het gemeentebestuur hadden Amsterdam gemaakt tot een stad waar alles mocht. Een faam, die zich snel over de grenzen verspreidde. De gevolgen bleven niet uit. Aangelokt door een te mild strafklimaat waren ze gekomen, in drommen, criminelen uit alle landen... drieste bankrovers uit Italië, niets ontziende overvallers en afpersers uit Joegoslavië, gewiekste tasjesdieven en zakkenrollers uit Zuid-Amerika, en in strikte triaden georganiseerde heroïnehandelaren uit het verre Hongkong en Singapore. Amsterdam, met 'barmhartig' in haar banier, werd een kosmopolitisch trefpunt voor criminelen.

De Cock bezag dat alles met lede ogen en een stille weemoed in het hart. Hij voelde zich niet schuldig aan het moreel verval van de bevolking, aan de verloedering van de stad. Hoe belachelijk het begrip 'recht' in de jaren ook was geworden, hij had het gediend, eerlijk, oprecht, met alle inzet, kracht en intelligentie die hij had kunnen opbrengen.

Hij klemde zijn lippen op elkaar. Hij zou niet capituleren. Nooit. Ondanks sluimerende anarchistische tendensen ging hij door met het recht te dienen, als een Don Quichotte, stug, onverzettelijk, tot ze hem waardig met pensioen zouden sturen.

Ineens ontwaarde hij voor zich op de Korte Niezel de markante gestalte van Fred Prins. De jonge rechercheur waggelde in hun richting. De Cock tikte Vledder op de schouder en wees: 'Daar is Fred. Heeft hij je al verslag uitgebracht?'

Vledder schudde zijn hoofd. 'Ik heb hem sinds vanmorgen niet meer gezien.'

De Cock schoof de mouw van zijn regenjas iets omhoog en keek op

zijn horloge. 'Het is haast negen uur. Is hij al die tijd op onderzoek uit geweest?'
Vledder lachte smalend. 'Als ik hem goed bekijk, dan heeft de spreekwoordelijke Chinese gastvrijheid onze vriend ietsjes opgehouden.' Hij blikte opzij, monsterde het gezicht van De Cock. 'Je weet hoe dat gaat... een lekkere babi pangang met bier en cognac toe.'
Fred Prins merkte hen niet op. Hij liep met gebogen hoofd verder. Toen hij op de Liesdelsluis dreigde hen voorbij te stappen, vatte De Cock hem bij de arm. De jonge rechercheur was verrast. Hij keek De Cock aan, met open mond en een schaapachtige blik in de ogen. Toen kwam een olijke blik van herkenning. 'Verdomme,' riep hij geschrokken, 'de oude man zelf. Dat had ik niet verwacht. Je eh... je bent nog laat op pad.'
De Cock keek hem onderzoekend aan.
'Heb je wat?'
Fred Prins knikte met een rood hoofd.
'Alexander Peetersen was in 'Lotus', een Chinees restaurant in de Binnen Bantammerstraat. Volgens mijn inlichtingen kwam hij daar ongeveer om kwart over acht en ging tegen tienen weg.'
'Was hij alleen?'
Fred Prins kneep beide ogen even samen en schudde het hoofd. De mistige sluiers rond zijn denken dreven snel weg. 'Kijk, De Cock,' legde hij uit, 'ik wilde het zo goed mogelijk doen. Begrijp je, volledig. Om een uur of twaalf wist ik al, dat Alexander Peetersen in het Chinese restaurant 'Lotus' had gedineerd. De eigenaar kon mij echter niet voldoende inlichten. Hij herinnerde zich, dat Alexander Peetersen in gezelschap was van een lange schrale man. Hij wist ook aan welk tafeltje ze hadden gezeten. Wat gesepareerd, op een kleine verhoging met balustrade. Hij raadde mij aan op Sita te wachten.'
'Wie is Sita?'
'Het Chinese meisje, dat die bewuste avond bedoeld tafeltje bediende.'
De Cock knikte begrijpend. 'En die ben je gaan zoeken?'
De jonge rechercheur gebaarde verontschuldigend. 'Nee, ik ben haar niet gaan zoeken. Dat had geen nut. Ik had geen aanwijzingen. De eigenaar van het restaurant wist niet waar ik haar kon vinden. Dat zei hij tenminste. Hij had geen adres, geen telefoon-

nummer... niets. Zelfs geen familienaam. Hij wist alleen, dat ze om zes uur weer in dienst kwam.' Hij zweeg even. 'Ik voelde er weinig voor om al die tijd in dat restaurant te blijven rondhangen. Ik ben maar een onderzoekje gaan doen in een zaak, die ik zelf onder handen had en ging tegen zessen terug naar 'Lotus'.'

'En?'

Fred stapte uit het gewoel, leunde tegen de leuning van de Liesdelsluis en haalde zijn notitieboekje te voorschijn. 'Sita sprak goed Nederlands,' begon hij. 'Ze woont met haar ouders al geruime tijd in Amsterdam. Ze herkende Alexander Peetersen direct van de foto. Hoewel het duidelijk het beeld was van een dode man, reageerde ze daarop niet.'

'Vreemd.'

Fred Prins haalde zijn schouders op.

'Misschien heb ik haar reacties niet goed gepeild. Je leest zo weinig van die Chinese smoeltjes.'

'En de schrale man?'

Fred raadpleegde zijn notities.

'Ze schatte hem op een jaar of vijftig, maar ze zei er onmiddellijk bij, dat ze moeite had met de leeftijd van blanken.' Hij grinnikte vrolijk. 'Volgens Sita hebben wij nietszeggende gezichten.'

'Kon ze een beschrijving geven?'

Fred Prins knikte bedaard.

'Een vrij duidelijk signalement. Wel bruikbaar, dacht ik. Ze schatte zijn lengte op wel één meter vijfentachtig à één meter negentig. Hij had een lang smal gezicht met dunne lippen. Hij droeg het haar kortgeknipt. Het was glanzend, grijs, golvend. In de ogen van Sita was hij een echte heer, gedistingeerd, goed gekleed, en hij sprak deftig.' Hij keek naar De Cock op. 'Hoewel ik er persoonlijk niet veel heil van verwachtte, heb ik Sita, ondanks de protesten van de restauranthouder, meegenomen naar het hoofdbureau van politie om foto's te bekijken. Ze kon echter niemand herkennen. De schrale man komt vermoedelijk in onze collectie niet voor.'

De Cock staarde peinzend voor zich uit.

'Kon ze zich namen herinneren? Bijvoorbeeld hoe die twee elkaar aanspraken?'

'Nee.'

'Heeft een van beiden nog iets bijzonders gezegd?'

Fred Prins gebaarde hulpeloos.

'Gezien de gesticulaties van beiden was er wel een levendig gesprek. Maar Sita heeft daarvan niets gehoord. Bij het opdienen en afruimen zwegen de heren. Zelfs op de gebruikelijke vraag of de maaltijd hun had gesmaakt, kreeg ze geen antwoord.'
'Gingen ze tegen tienen gelijktijdig naar buiten?'
Fred Prins schudde zijn hoofd.
'Ze waren ook niet gelijktijdig gekomen. Alexander Peetersen was er het eerst. Hij ging ook het eerst weg. De lange schrale man verliet het restaurant ongeveer tien minuten later.'
'Waren ze geregelde bezoekers?'
'Sita zei, dat ze hen nooit eerder had gezien en ook voor de eigenaar van het restaurant waren zij vreemden.'
De Cock lachte Fred Prins vriendelijk toe. 'Je hebt goed werk gedaan,' sprak hij lovend. Hij boog zich dicht naar hem toe en snoof nadrukkelijk.
'Courvoisier?'
Fred Prins schudde blozend het hoofd.
'Rémy Martin.'

Lowietje, vanwege zijn geringe borstomvang in het wereldje van de penoze meestal Smalle Lowietje genoemd, begroette de beide rechercheurs uitbundig. 'Zo, zo,' riep hij handenwrijvend, 'ik ben blij, dat ik jullie weer zie.' Hij blikte naar De Cock op. Zijn spichtig muizensmoeltje glom van genegenheid. 'Alles goed? Je bent zo lang weggebleven, dat ik op het punt stond om naar de Kit te gaan.'
De Cock grinnikte.
'Om boete te doen?'
Smalle Lowietje trok zijn gezicht in plooien van verontwaardiging. 'Boete?' riep hij gekweld. Hij tikte op zijn borst. 'Waarom zou ik boete doen? Heb ik de wereld slecht gemaakt?' Hij gebaarde heftig. 'Ik maakte mij gewoon zorgen. Er lopen tegenwoordig zoveel maffe jongens met een blaffer rond, dat ik eh... dat ik...'
De Cock onderbrak hem met een milde glimlach. 'Je was bang, dat ze mij hadden lekgeschoten?'
Lowietje spreidde beide armen.
'Ik zei je toch... ze zijn maf. Vooral die heroïne-klanten. Als ze denken dat je een stuiver op zak hebt, leggen ze je neer.'
'Komen ze wel bij jou in de zaak?'

'Soms. Je hebt het niet altijd in de gaten. Maar als ze wat lang op de wc blijven zitten...'
'Spuiten?'
De caféhouder knikte.
'Vaak zit het bloed tegen de muren; vind je de naalden achter de pot.' Hij leunde voorover op de tap. 'Kijk, de echte heroïnehoertjes ken je. Die komen er bij mij niet meer in. Ik kan dat ook niet maken. Dan krijg ik ruzie met de andere meisjes uit de buurt. Die heroïne-kinderen hebben de business totaal verziekt. Als hun bloed schreeuwt, werken ze zonder condoom en tegen elke prijs. Bovendien stelen ze als de raven. Daardoor blijven de klanten weg of trekken naar die besloten tenten, die overal in de stad uit de grond rijzen.' Hij zweeg even. De sombere uitdrukking op zijn muizensmoeltje veranderde, loste zich op in een blijde lach. 'Kom,' riep hij vrolijk, 'ik zal eens inschenken.'
Aalglad dook hij onder de tapkast en haalde met een blik van opperste verrukking een fles fraaie cognac Napoléon te voorschijn. De wijze waarop hij de drie diepbolle glazen vulde, getuigde van routine en vakmanschap. 'Proost,' riep hij luid, 'op alle kinderen van dorstige ouders.'
De Cock nam het glas op, schommelde het zachtjes in de hand en snoof. Op zijn gezicht vol groeven kwam een glans van vervoering. Omzichtig nam hij een slokje en liet het vocht genietend door zijn dorstige keel glijden. Daarna knikte hij de caféhouder met gesloten ogen toe. 'Weet je, Lowie,' sprak hij zacht, gedragen, 'de oude Grieken hadden een god, op wie zij allen, zonder uitzondering, bijzonder gesteld waren.'
Smalle Lowietje keek hem kommervol aan.
'Kan dat?'
De Cock knikte overtuigend.
'Bacchus.'
De caféhouder lachte luid.
'Ik geloof niet, dat wij een God hebben die van een borrel houdt. Ze komen hier nog wel eens van het Leger des Heils. Als ik die zo hoor...'
De grijze speurder omklemde met beide handen het glas en zette het zachtjes voor zich neer. Het was een teder, haast devoot gebaar. De Cock hield van cognac en genoot intens van de schaarse momenten, die de misdaad hem toeliet in het schemerige, intieme

lokaaltje van Lowietje door te brengen. 'Ik weet niet,' sprak hij wat onzeker, 'of ze wel gelijk hebben. Als Hij het ons niet had gegund... had Hij nooit de wijnrank laten groeien. Hij moet ons mensen goed genoeg kennen om te weten, dat wij er toch niet van af kunnen blijven.' Hij schoof zijn glas wat naar voren. 'Schenk nog eens in.'
Smalle Lowietje gehoorzaamde met de spoed en toewijding van een professionele kastelein. 'Zoek je Rooie Bakker?' vroeg hij plotseling.
De Cock keek verrast op.
'Wie zegt dat?'
De Smalle haalde zijn schouders op.
'Je hoort zo wel eens wat,' sprak hij ontwijkend.
'Van wie?'
De caféhouder zei korzelig: 'Er kan hier geen penoze-jongen komen binnenstappen of hij vraagt naar Rooie Bakker. Het schijnt dat Handige Henkie daar achter zit. Er wordt gefluisterd, dat hij een vorstelijke beloning heeft uitgeloofd voor een gouden tip.'
'En?'
Lowietje grijnsde breed. 'Volgens mij vinden ze hem nooit. Die zit al lang aan de Costa Brava of ergens op de Canarische eilanden.'
De Cock keek hem fronsend aan.
'Hoe kom je daar bij?'
Smalle Lowietje keek wat schichtig om zich heen en boog zich toen vertrouwelijk naar voren. 'Rooie Bakker scharrelt de laatste tijd zo'n beetje met Zwarte Jopie uit de Oude Kennissteeg. Die was laatst hier. Toen ze een paar borrels op had, begon ze te kletsen... over de business en over Rooie Bakker, die binnenkort een geweldige klapper zou maken.'
'Een klapper?'
De caféhouder schoof zijn onderlip naar voren en knikte. 'Hij had haar verteld, dat hij een goudmijntje had aangeboord. Het mannetje moest alleen nog even over de brug komen.'
'Welk mannetje?'
Smalle Lowietje grijnsde.
'Kijk, De Cock... als ik dat wist... zat de Rooie nu bij jou aan de Kit... en ik aan de Costa Brava.'

9

Vledder beende door de recherchekamer van het bureau Warmoesstraat. Zijn gezicht was rood. 'Het interesseert mij geen draad,' riep hij geërgerd, opgewonden. 'Laat Rooie Bakker maar een flinke klapper hebben gemaakt. Ik gun hem zijn snoepreisje naar de Costa Brava. Volgens mij heeft hij met de zaak, waarmee wij bezig zijn, niets te maken.'
Hij bleef bij het bureau van De Cock staan. 'Ik interesseer mij meer voor die schrale, gedistingeerde heer, met wie Alexander Peetersen zo kort voor zijn dood nog dineerde. Zou hij de moordenaar zijn?'
De Cock toonde twijfel.
'Theoretisch is het mogelijk. Hij zou de man kunnen zijn, die Alexander Peetersen naar die fatale plek op de Lastageweg heeft gedirigeerd en neergeschoten. Hij was op tijd en niet ver weg. Laten we eens aannemen, dat de ontmoeting om tien uur was gearrangeerd. Nadat Alexander Peetersen was vertrokken, kon de schrale man gemakkelijk vanuit het restaurant via de Geldersekade en de Rechtboomsloot op de Lastageweg komen. Het is meer vertoond, dat de moordenaar zich het macabere pleziertje gunde om zijn aanstaand slachtoffer vooraf een etentje aan te bieden.
Als de lange schrale man de dader is, houdt dat wel in, dat Alexander Peetersen zijn moordenaar niet kende. Het is een absurde gedachte om met iemand uitgebreid te dineren en daarna een afspraak met hem na te komen op een stille afgelegen plek.'
Een dwarse denkrimpel verscheen op het voorhoofd van Vledder.
'*Zouden* Jan-Willem Hoffmann en Alexander Peetersen hun moordenaar hebben gekend?'
De Cock antwoordde niet. Hij pakte een blanco vel papier uit een la van zijn bureau en legde dat voor zich neer. Midden op het vel schreef hij DADER in blokletters; linksboven Hoffmann en rechts Peetersen. Onder aan het vel krabbelde hij in kleine letters 'schrale man'. Hij legde de pen neer en keek op. 'Ik heb het rapport van de wapendeskundige binnen,' begon hij. 'Het staat nu onomstotelijk vast, dat de mannen met hetzelfde pistool zijn omgebracht. Gezien de wijze, waarop de kogelinslagen bij de slachtoffers waren gegroepeerd, kunnen we gevoeglijk aannemen, dat het wapen door

dezelfde man of vrouw werd gehanteerd.' Hij tikte met zijn wijsvinger op het vel papier. 'Het begrip DADER ligt wel vast. De moeilijkheid is, dat wij geen verbindingslijnen kunnen trekken. De vraag, die onmiddellijk opdoemt: waarom gingen beide slachtoffers op de uitnodiging van de moordenaar in? Welke macht bezat de moordenaar om hen naar de afgelegen plekken te kunnen dirigeren? Begrepen ze iets van het gevaar, dat hen bedreigde? Of gingen beiden nietsvermoedend als een schaap ter slachting?'
Vledder schoof een stoel bij.
'We zouden de zaak ook kunnen omdraaien; waarom koos de moordenaar juist die twee tot zijn slachtoffers? Wat was zijn motief? Stonden ze hem in de weg? Vormden ze voor hem een bedreiging?'
De Cock maakte een hulpeloos gebaar.
'Het zijn vragen, die wij niet kunnen beantwoorden,' zei hij triest. 'Ik heb dan ook het akelige gevoel, dat we pas aan het begin staan... dat het einde van deze afschuwelijke affaire nog lang niet in zicht is.'
Vledder keek hem geschrokken aan.
'Bedoel je, dat er nog meer slachtoffers zullen vallen... dat er nog meer moorden zullen worden gepleegd?'
De Cock zuchtte diep.
'Mogelijk. Zolang wij de achtergronden niet kennen, is niets voorspelbaar.'
Een tijdlang zwegen beiden. Een defecte TL-buis zoemde boven hun hoofd en buiten op straat lalde een dronken sloeber een droevig lied.
De Cock staarde omhoog, naar het plafond, naar een zware houten draagbalk, die ver was ingescheurd. Het oude bureau moest maar eens instorten, bedacht hij somber. De Warmoesstraat is altijd maar een leed en misdaad verwerkende fabriek geweest.
Het was Vledder, die het zwijgen verbrak. Hij hield een wijsvinger voor de neus. 'Als die lange schrale man uit het restaurant niet de moordenaar is, dan bestaat de mogelijkheid, dat Alexander Peetersen tijdens het diner met hem over zijn aanstaande ontmoeting op de Lastageweg heeft gesproken.'
De Cock trok een grimas.
'Ik zou ook graag een babbel met hem maken. Misschien brengt hij ons op het goede spoor.'

'Als we weten wie hij is.'
De Cock knikte voor zich uit.
'Dat is inderdaad een probleem. In ieder geval zoekt onze schrale man de anonimiteit niet. Terwijl de moordenaar voor zijn ontmoetingen duistere plekken prefereert, gaat hij onbevangen met Alexander Peetersen in een openbare gelegenheid dineren.'
Vledder glimlachte.
'Blijkbaar heeft hij geen reden om zich te verbergen.'
'Precies. Hij doet niet geheimzinnig. De identiteit van de man moet te achterhalen zijn. Bel straks het signalement van hem door aan rechercheur Van Wijngaarden aan de Lodewijk van Deysselstraat. Hij kan dan aan Jozefien vragen of de beschrijving van de man haar iets zegt.'
Vledder keek hem niet begrijpend aan.
'De schrale man dineerde met Alexander Peetersen... niet met Jan-Willem Hoffmann.'
De Cock grijnsde hem spottend toe.
'Jozefien was met Alexander Peetersen bevriend, herinner je je dat? Zeer intiem. Ze zal beslist mensen uit zijn omgeving kennen.'
Hij sloeg met zijn vlakke hand op het vel papier voor zich.
'Bovendien zoek ik naar verbindingen, overeenkomsten... overeenkomsten tussen beide slachtoffers.' Hij gebaarde naar Vledder.
'Heb je de fraaie agenda's van beide heren nog vergeleken?'
'Dat heb ik. Maar er was niets bij.'
'En de telefoonnummers?'
'Hoe bedoel je?'
De Cock reageerde wat ongeduldig.
'De gebruikelijke telefoonnummers in hun agenda... was daar een gezamenlijk nummer bij? Ik bedoel een telefoonnummer, dat ze allebei in hun agenda hadden genoteerd?'
Vledder knikte traag.
'Zo'n nummer was er.' Hij grabbelde een verfrommeld blocnotevelletje uit een van de zijzakken van zijn colbert. 'Ik heb het opgeschreven.' Hij streek het papiertje glad. 'Het is een Amsterdams nummer: 299021605.'
De Cock kwam met een ruk overeind.
'Waarom heb je mij dat niet verteld?'
Vledder haalde zijn schouders op.
'Je hebt er niets aan.'

De Cock keek fronsend op hem neer.
'Niets?'
Vledder schudde het hoofd.
'Ik heb het op laten vragen via de postale recherche. Het is het telefoonnummer van een psychiater. Ene dokter De Beaumonde aan de Keizersgracht.'
'En?'
'De man is al vijf jaar dood.'

Commissaris Buitendam, de lange statige politiechef van het bureau Warmoesstraat, wuifde met een slanke hand naar de stoel voor zijn bureau. 'Ga zitten, De Cock,' sprak hij geaffecteerd. 'Ik moet je spreken.'
De Cock reageerde nonchalant.
'Als het u hetzelfde is: ik blijf liever staan.'
Buitendam kuchte.
'Zo je wilt,' zei hij kortaf. Hij rommelde zichtbaar nerveus in een stapel paperassen op zijn bureau en raadpleegde een notitie. 'De heer Dietinga,' begon hij, 'chef van het bureau Lodewijk van Deysselstraat, heeft mij vanmorgen benaderd. Hij was zeer ontstemd. Volgens hem kwam er van de coördinatie en samenwerking tussen jou en leden van zijn recherche-team niets terecht.'
De Cock toonde zich niet in het minst geschokt. Om zijn lippen dartelde een glimlach. 'Vreemde meningen heeft die man,' sprak hij grinnikend.
Commissaris Buitendam negeerde de opmerking.
'Dietinga kon zich niet aan de indruk onttrekken,' ging hij verder, 'dat jij inlichtingen verzwijgt. Het wordt daardoor voor zijn recherche-team uiterst moeilijk het onderzoek naar de moorden voort te zetten.'
De Cock schudde het hoofd.
'Nonsens.'
Het bleke gezicht van commissaris Buitendam kleurde.
'Een politiechef,' schreeuwde hij verontwaardigd, 'spreekt geen nonsens.'
De Cock lachte ontspannen.
'Het is toch duidelijk... ze boeken geen resultaten. En wie heeft daaraan schuld?' Het klonk spottend. 'De Cock, die houdt inlichtingen achter.' Hij schudde het hoofd. 'Ze hebben in hun enthousi-

asme Jozefien ter Haar gearresteerd. En dat was een misgreep.'
Buitendam gebaarde heftig.
'De arrestatie van die vrouw geschiedde met de volledige instemming van de officier van justitie.'
De Cock grinnikte smalend.
'Ach,' sprak hij geringschattend, 'wat weet zo'n man er nu van? Hij moet toch ook worden voorgelicht. Hij zal hebben geleerd hoe hij bij de rechtbank in toga een sluitend requisitoir moet houden. Maar van opsporen... van het echte recherchewerk heeft hij geen enkel begrip. Van waar ook.' Hij knikte zijn chef vertrouwelijk toe. 'Het beste wat ze aan de Lodewijk van Deysselstraat kunnen doen, is Jozefien onmiddellijk vrij laten.'
De onderlip van commissaris Buitendam trilde.
'Dat bepaal jij niet.'
De Cock knikte bedaard.
'Dat klopt... dat bepaalt de officier van justitie.'
Buitendam sloeg met zijn vuist op de rand van zijn bureau. 'De opsporingsambtenaar bij uitnemendheid.'
De Cock trok achteloos zijn schouders op.
'Dat staat in de wet. En misschien behoort het inderdaad wel zo te zijn. Er komt in de praktijk alleen geen bliksem van terecht. Wat doet die man met al zijn bevoegdheden?' Hij maakte een minachtend gebaar. 'Op een muffig kantoor zitten en akten bekijken. Hij kan beter zijn bevoegdheden overdragen aan de simpele rechercheur, die het feitelijke werk moet opknappen.'
De Cock zweeg, draaide zich om en liep naar de deur.
Commissaris Buitendam riep hem terug.
'Je moet de hele zaak nemen,' brulde hij. 'Ook de moord in het Rembrandtpark.'
De Cock liep langzaam terug.
'Daar was ik al bang voor,' verzuchtte hij. 'Ik heb echter één voorwaarde.'
'En die is?'
'Jozefien ter Haar komt onmiddellijk vrij.'
Commissaris Buitendam slikte.
'Dat... dat...' stotterde hij.
De Cock knikte hem bemoedigend toe.
'... zal ik onmiddellijk voor je regelen,' vulde hij aan.
Commissaris Buitendam kwam briesend achter zijn bureau van-

daan. Woedend zwaaide hij met zijn armen.
'Eruit,' brulde hij.
De Cock ging.

Vledder lachte.
'Je leert het nooit. Als commissaris Buitendam nog eens een hartaanval krijgt, dan arresteren ze jou wegens dood door schuld.'
De Cock grijnsde.
'Hoofdinspecteur Dietinga zag het blijkbaar niet meer zitten. Hij heeft Buitendam zover gekregen, dat wij de hele affaire, inclusief de moord op Hoffmann, in behandeling krijgen. Het beste is, dat jij straks naar de Lodewijk van Deysselstraat gaat en alles ophaalt wat ze over de zaak Hoffmann hebben.' Hij strekte zijn vinger naar zijn collega uit. 'En neem Jozefien mee.'
Vledder keek hem verbaasd aan.
'Wil je die hier insluiten?'
De Cock schudde het hoofd.
'Vrijlaten... dat was een voorwaarde, die ik stelde.'
'En doen ze dat?'
De Cock wreef over zijn kin. 'Als ze de zaak Hoffmann aan ons overdragen, dan is vanaf dat moment Jozefien ter Haar onze arrestant. En ik zie geen gronden om haar langer vast te houden.'
'Buitendam was nijdig. Als hij op jouw voorwaarde niet ingaat?'
De Cock schoof zijn onderlip vooruit. 'Dan,' sprak hij grimmig, 'fluister ik haar advocaat wat in het oor.'
Vledder wreef zich gnuivend in de handen. 'Ik krijg er gewoon weer zin in.' Hij dook in een la van zijn bureau en zwaaide met de plattegrond van Amsterdam, die bij Peetersen was gevonden. 'Ik heb de uitgever gebeld, die deze plattegronden verspreidt. Er zijn alleen al in Amsterdam zevenentwintig winkels waar ze deze kaarten verkopen. Dan zijn er nog verkooppunten in Rotterdam, Den Haag, Utrecht, Groningen en Arnhem. Het lijkt mij een ondoenlijke zaak langs deze weg iets te bereiken.'
De Cock knikte begrijpend.
'Heb je nog eens over dat telefoonnummer nagedacht?'
'Van die dode psychiater?'
De Cock knikte traag.
'Van die dode psychiater,' herhaalde hij.
Vledder keek hem wat verward aan.

'Wat valt er over na te denken?'
De Cock tuitte zijn lippen.
'Bijvoorbeeld: waarom hebben twee mensen in hun fraaie splinternieuwe agenda's het telefoonnummer van een dode psychiater?'
Het gezicht van Vledder betrok.
'Dat is inderdaad vreemd.'
De Cock spreidde zijn handen; de handpalmen naar voren.
'Om hem na vijf jaar nog te bellen? In het hiernamaals?'
Hij staarde plotseling peinzend voor zich uit. Zijn eigen vragen hadden zijn denkmechanisme in de derde versnelling gebracht. Een sinistere gedachte welde in hem op. Het benauwde hem een beetje. Met de rug van zijn hand wreef hij langs zijn droge lippen. 'Een telefoontje...' mompelde hij hees, 'een telefoontje naar het hiernamaals.'

10

De Cock liep met uitgestoken handen op Jozefien toe en drukte haar tegen zich aan. Enkele seconden bleven ze zo staan.
'Ik ben blij, dat je weer vrij bent,' fluisterde hij haar in het oor.
Ze maakte zich zachtjes uit zijn omarming los. Er waren tranen in haar ogen. 'Het was verschrikkelijk. Ik wist niet waar ik aan toe was. Hoe lang het zou duren. Die onzekerheid maakte mij gek.' Ze keek naar hem op. 'Hebben ze Rooie Bakker nu al gevonden?'
De Cock schudde zijn hoofd.
'Nog steeds niet. Maar maak je daar geen zorgen over. Volgens mij zal hij de belastende verklaring, die hij over jou aan de ouders van Jan-Willem heeft afgelegd, wel herroepen.' Hij leidde haar naar de stoel naast zijn bureau. 'Die verklaring van Rooie Bakker en het feit, dat er sprake was van een duidelijk motief, vormden de basis van jouw arrestatie.'
'Is die basis er niet meer?'
De Cock glimlachte. 'Daar is niets aan veranderd. Maar het bureau Lodewijk van Deysselstraat heeft de afwikkeling van de affaire Hoffmann op mij afgeschoven. Compleet; inclusief de verdachte. En voor mij... voor mij is die basis te smal.'

'Jij gelooft in mijn onschuld?'
De Cock antwoordde niet direct. Hij wreef met zijn pink over de rug van zijn neus. 'Ik eh...' aarzelde hij, 'zie te weinig aanwijzingen van schuld.'
'Is dat niet hetzelfde?'
De Cock reageerde wat verlegen. 'Het is een andere denkwijze.' Hij strekte zijn arm naar haar uit en glimlachte innemend. 'Jozefien, ik wil niet, dat je er verder over piekert. Dat heeft geen zin. We moeten ervoor zorgen, dat wij de werkelijke moordenaar zo snel mogelijk ontmaskeren. Dat is belangrijk... voor mij... voor jou. Het is in feite de enige manier om je van elke blaam te zuiveren. Daarom moet je mij ook helpen.'
Ze keek hem angstig aan.
'Hoe... waarmee?'
De Cock trok zijn gezicht in een ernstige plooi.
'Ken jij,' begon hij traag, 'een lange schrale man van rond de vijftig?'
'Moet ik hem kennen?'
'Een gedistingeerde heer die deftig spreekt, met kort grijs golvend haar.'
Ze schudde langzaam het hoofd.
'Het zegt mij niets.'
De Cock stak zijn rechterwijsvinger omhoog.
'Op de avond van zijn dood dineerde Alexander Peetersen met hem in een Chinees restaurant in de Binnen Bantammerstraat. Tien minuten voor hij werd vermoord, nam Alex afscheid van hem en verliet het restaurant.'
Ze keek hem met grote ogen aan.
'Is hij de moordenaar?'
De Cock trok zijn schouders op.
'Ik sluit de mogelijkheid niet uit. Ik wil in ieder geval achter zijn identiteit komen.'
'Behoorde hij tot de kennissenkring van Alex?'
De Cock glimlachte.
'Dat is juist mijn vraag aan jou.'
Jozefien maakte een verontschuldigend gebaar.
'Het spijt me. Ik ken niemand, die aan de beschrijving voldoet. Voor zover ik weet, heb ik de man ook nooit ontmoet.'
'Ook niet in relatie met Jan-Willem?'

Ze schudde droef het hoofd.
'Je moet bedenken, dat ik in het leven van beide mannen maar een beperkte rol heb gespeeld. Jan-Willem was mijn man, maar van een werkelijke verbintenis, zoals ik die bij mijn ouders zag, is bij ons nooit sprake geweest. Ook mijn relatie met Alexander had weinig diepgang. Ze was vluchtig, romantisch. Niet meer dan een ontsnapping uit een kapot huwelijk.' Het klonk rauw, bitter. Ze streek met gespreide vingers door het lange blonde haar. 'Ik heb er tot nu toe niet veel van terechtgebracht.'
De Cock lachte.
'Driemaal is scheepsrecht.'
Ze schudde resoluut het hoofd.
'Geen derde man in mijn leven.'
De Cock grijnsde. 'Je bent veel te mooi, Jozefien. Als deze nachtmerrie eenmaal voorbij is...' Hij zweeg plotseling; trok denkrimpels in zijn voorhoofd. 'Was Jan-Willem Hoffmann in behandeling bij dokter De Beaumonde?'
Er kwam een waakzame blik in haar ogen.
'Dokter De Beaumonde,' herhaalde ze vlak.
De Cock knikte.
'Een psychiater.'
Jozefien ter Haar staarde langs hem heen, door de ramen, naar het blauw boven de daken van de panden aan de Warmoesstraat. Langzaam ging haar blik terug.
'Hoe weet je dat?' vroeg ze zacht.
De Cock reageerde scherp. 'Dat doet er niet toe,' sprak hij ontwijkend. 'Was hij in behandeling?'
Ze knikte traag.
'Jaren geleden.'
'Waarvoor?'
Ze maakte een triest gebaartje.
'Ik weet het niet. Ik bedoel, Jan-Willem heeft het mij zelf nooit gezegd. Het zou verband houden met een gebeurtenis ver voor zijn huwelijk met mij. In zijn puberteit. Een traumatische neurose. Ik heb het wel eens in verband gebracht met zijn vaak botte houding ten opzichte van mij.'
De Cock keek haar wat verward aan.
'Een trauma?'
Ze draaide haar hoofd weg; had duidelijk moeite met de herinne-

ring. Ze streek met haar tong langs haar lippen.
'Jan-Willem zou eh... zou met bruut geweld een jong meisje hebben verkracht.'
De Cock keek haar onderzoekend aan.
'Verkracht?'
Ze knikte traag.
'Dat werd gefluisterd. Het fijne hebben de Hoffmanns mij nooit verteld. Het bleef altijd door een waas van geheimzinnigheid omgeven. Ik heb alleen begrepen, dat de affaire met de familie werd opgenomen en afgekocht. Er is nooit politie of justitie aan te pas gekomen. De zaak ging in de doofpot.'
'En het meisje?'
Jozefien ter Haar keek hem aan. Haar gezicht zag bleek en haar lippen trilden.
'In Amersfoort... in een inrichting. Ze kwam het nooit te boven.'

Ze liepen door de Oudebrugsteeg naar de Nieuwezijds Kolk, slenterden langs het fraaie Korenmetershuisje en gingen linksaf de Voorburgwal op.
Vledder blikte opzij. 'Kan een simpele verkrachting zulke verschrikkelijke gevolgen hebben, dat het slachtoffer voor haar verdere leven in een inrichting moet worden opgenomen?' Het klonk ongelovig.
De Cock grijnsde.
'Jij behoort blijkbaar tot die categorie politiemannen, die de verkrachting van een vrouw niet zo serieus nemen. Geloof me, een verkrachting is nooit *simpel.*'
Vledder wond zich wat op.
'Zo bedoel ik het niet. En ik ben ook niet van plan er ooit simpel over te denken. Maar in de regel vallen de gevolgen wel mee.'
De Cock knikte. 'We weten niet hoe het destijds is gegaan. Het is heel goed mogelijk, dat Jan-Willem Hoffmann bij de aanranding zoveel fysiek geweld heeft gebruikt, dat het meisje daardoor geestelijk werd beschadigd. Hij was een krachtig gebouwde man. Het kan ook zijn, dat het slachtoffer voordien al geestelijk labiel was. We kennen te weinig details. Blijkbaar heeft het Jan-Willem ook niet onberoerd gelaten.'
'Je bedoelt, dat hij jaren later nog zoveel hinder van zijn daad ondervond, dat hij zich onder behandeling van een psychiater

moest stellen.'
'Precies.'
Voor het Koninklijk Paleis staken ze over naar het imposante hoofdpostkantoor en liepen om het gebouw heen naar de Raadhuisstraat.
Vledder sjokte een tijdje zwijgend naast De Cock voort. 'Ga je die verkrachting nog uitdiepen?'
De Cock gebaarde achteloos.
'Voor zover mogelijk,' antwoordde hij vlak. 'Er bestaan blijkbaar geen akten van de zaak en de familie Hoffmann zal het niet prettig vinden als de affaire wordt opgerakeld.'
'Het kan een motief zijn voor moord.'
De Cock knikte gelaten.
'Het past alleen niet bij Alexander Peetersen.'
'Hoe bedoel je?'
De Cock keek grinnikend opzij.
'Heeft ook hij een meisje verkracht?'
Vledder reageerde verwonderd.
'Dat eh... dat weten we niet,' sprak hij onzeker.
De Cock tuitte zijn lippen en schudde het hoofd.
'Hij is meer een man voor verduistering.'
Er verschenen dwarse denkrimpels in het voorhoofd van Vledder.
'Waar slaat dat nu op?'
De grijze speurder trok zijn hoed wat naar voren en stapte plotseling rechtsaf de Keizersgracht op. Vledder, die aanvankelijk rechtdoor liep, kwam hollend achter hem aan.
'Ik vroeg waar dat op sloeg,' riep hij kriegel.
De Cock antwoordde niet. Hij scheen geamuseerd. Om zijn lippen gleed een flauw, bijna geheimzinnig lachje.
Voor een indrukwekkend grachtenpand bleef hij staan en wees omhoog naar een zware koperen plaat met diep verzonken zwarte letters. Ze was pas gepoetst en glansde in de stralen van een schuchter voorjaarszonnetje.
'Dokter De Beaumonde,' las Vledder hardop.
'Psychiater. Consult alleen op afspraak.'
De Cock grinnikte jongensachtig.
'Wat denk je? Voel je wat voor een consult? Er sluimert bij jou vast wel een of ander psychisch mankementje.'
Vledder gromde. 'De man is dood.'

Het klonk bestraffend.
'Hij stierf ruim vijf jaar geleden.'
'Op een natuurlijke wijze... hoop ik.'
Vledder knikte met een ernstig gezicht.
'Ik heb het nagetrokken. Zowel bij het Bevolkingsregister als bij ons eigen politieblad. Volgens de verklaring van overlijden stierf hij aan een hartverlamming en hij had geen antecedenten*. Er is geen mutatie over hem te vinden. Charles Paul de Beaumonde werd zesenzestig jaar. Om zijn dood treurden zijn nog betrekkelijk jonge vrouw en een zoon uit een vorig huwelijk.'
De Cock blikte bewonderend naar hem op.
'Mijn complimenten. Je bent goed geïnformeerd.' Hij zweeg even. 'Wat betekent 'nog betrekkelijk jong'?'
'Ze is nu zevenendertig.'
'Een verschil van vierendertig jaar.'
Vledder knikte bedaard.
'Dat is misschien ook de enige zonde, die je wijlen onze psychiater kunt aanwrijven. Als het al een zonde is. Ik heb in zijn leven geen duidelijke wanklanken gevonden. Integendeel: De Beaumonde stond te boek als een betrouwbaar en integer mens. Hij was ook in vakkringen erg gezien. Er staan tal van publikaties op zijn naam. Therapeutische aanwijzingen voor de behandeling van geestelijke defecten. Hij gebruikte ook hypnose om de mogelijkheid te scheppen zogenaamde ingeklemde emotionele belevenissen af te laten reageren.'
De Cock stak afwerend zijn handen omhoog.
'Ik verzoek geen voorlichting in de psychiatrie.'
Vledder trok een beteuterd gezicht.
'Ik vond die hypnose juist wel interessant. Het is een wat ouderwetse methode. Volgens mijn zegsman wordt ze niet zo vaak meer toegepast.'
De Cock keek hem fronsend aan.
'Jouw zegsman?'
Vledder knikte. 'Ik heb gewoon een paar psychiaters gebeld, tot ik er een vond, die De Beaumonde persoonlijk had gekend. Hij was heel enthousiast dat ik belangstelling voor hem toonde. De Beaumonde genoot in zijn tijd een grote faam.'

* Aantekeningen op een strafblad.

De Cock plukte aan het puntje van zijn neus.
'Heb je jouw zegsman ook verteld wat de reden was van jouw belangstelling?'
Vledder schudde grijnzend het hoofd.
'Niet helemaal. Ik vertelde hem, dat ik als rechercheur van politie geïnteresseerd was in de psychiatrie en dat ik bij toeval een verhandeling onder ogen had gekregen van dokter De Beaumonde, waarvan ik weinig begreep.'
De Cock knikte begrijpend.
'En toen legde hij het uit?'
'Zo ongeveer.'
De Cock legde een hand op Vledders schouder en glimlachte hem bemoedigend toe. 'Je kon een leerling van mij zijn geweest,' zei hij spottend. 'Soms heb je ingenieuze invallen.'
Vledder lachte vrijuit.
'Die psychiater was een aardige man... zo door de telefoon. Hij zei, dat hij zich niet aan de indruk kon onttrekken, dat hij en zijn collegae door de heren rechercheurs nogal argwanend werden bekeken.'
De Cock trok een ernstig gezicht.
'Die indruk is juist. Maar misschien niet terecht. Ik heb in mijn lange politieleven nog nooit iemand gelouterd uit een gevangenis zien komen. Misschien bieden psychiatrische inrichtingen een beter alternatief.' Hij pauzeerde even; blikte naar Vledder. 'De Beaumondes eerste vrouw?' vroeg hij zakelijk.
Vledder gebaarde.
'Ze stierf vrij onverwachts aan een hersenbloeding. Pas enige jaren na haar dood sloot hij een huwelijk met Estella van Breevoorde.'
Ze bleven nog een tijdje voor het raam van het souterrain staan. De Cock nam al de nieuwe gegevens in zich op. Langzaam beklommen ze de blauwstenen stoep. 'Estella,' sprak De Cock peinzend, 'een mooie naam voor een vrouw.' Vanaf het bordes keek hij naar een rondvaartboot, die als een grote witte zwaan door de gracht gleed. 'Het betekent 'ster'... de ster van Breevoorde.' Hij draaide zich om en drukte op een knop onder de koperen plaat. 'Het wordt tijd, dat we kennis met haar maken.'

11

Na enige minuten werd de zware deur tot op een kier geopend en een trillende vrouwenstem vroeg: 'Wie is daar?'
De Cock wilde de deur verder openduwen, maar ontdekte op ooghoogte een ketting.
'Mijn naam is De Cock,' sprak hij vriendelijk. 'Ik ben als rechercheur van politie verbonden aan het politiebureau in de Warmoesstraat. In mijn gezelschap is rechercheur Vledder. We wilden graag even met u praten.'
In de kier verscheen een gedeelte van een gezicht. In het ene oog, dat zichtbaar was, glansde onzekerheid en angst.
'Recherche?'
De Cock nam zijn hoed in de hand en trok een beminnelijk gezicht. Hij tastte gehaast in de binnenzak van zijn colbert naar zijn politielegitimatie en toonde die.
De deur ging weer dicht en werd daarna geheel geopend. In de deuropening stond een knappe slanke vrouw. Ze had een fraai gevormd, ovaal bleek gezicht. Het lange gitzwarte haar was in de nek samengebonden en waaierde uit als een paardestaart.
De Cock maakte een lichte buiging.
'Estella de Beaumonde?'
Ze knikte wat hautain en gebaarde uitnodigend.
De Cock trad naderbij en zag tot zijn verwondering, dat de angst vrijwel geheel uit haar ogen was weggetrokken. De onzekerheid leek verdwenen. Ze deed de deur achter hen dicht en ging de mannen voor naar een brede, wit marmeren gang met grillige guirlandes van stucwerk aan het plafond. Ongeveer in het midden leidde een brede deur naar een ruim, hoog vertrek met een keur van oude schilderijen aan de wanden.
Ze wees naar leren fauteuils rond een open haard.

Toen de rechercheurs waren gaan zitten, nam ze tegenover hen plaats. Ze sloeg haar lange benen over elkaar, strekte haar rug en vouwde de handen in haar schoot. Er was iets in haar houding, dat respect afdwong; een pose van onaantastbare autoriteit.
De blik uit haar grote donkerbruine ogen gleed peilend, schattend over de gelaatstrekken van de beide mannen voor haar. 'Wat

verschaft mij het genoegen van uw komst?' vroeg ze kil, hooghartig.
De Cock boog zich iets naar voren.
'Wij eh... wij zijn belast,' begon hij wat onder de indruk, 'met het onderzoek naar een tweevoudige moord.'
'En daarvoor komt u hier?'
In haar stem trilde verbazing.
De Cock pakte zijn hoed van zijn knieën en legde hem naast zich op de vloer. 'Het voor ons curieuze feit doet zich voor, dat beide vermoorde mannen in hun agenda uw telefoonnummer hadden genoteerd.' Hij glimlachte verontschuldigend. 'Het is heel goed mogelijk, dat u ons daarvoor een heel plausibele verklaring kunt geven.'
Met haar hoofd in de nek vroeg ze: 'Wie zijn die mannen?'
De Cock aarzelde even; keek haar scherp aan.
'Jan-Willem Hoffmann en Alexander Peetersen.'
Estella de Beaumonde reageerde onmiddellijk.
'Beiden patiënten van mijn man.'
'U herkent de namen?'
Ze knikte overtuigend.
'Geen twijfel mogelijk. Ik ken al de namen van de patiënten van mijn man.'
'Uw eh... uw man stierf vijf jaar geleden en als wij goed zijn geïnformeerd, werd zijn praktijk door niemand overgenomen.'
'Dat is correct.'
De Cock strekte zijn arm naar haar uit.
'Waarom zouden vroegere patiënten van uw man nog steeds zijn telefoonnummer in hun agenda hebben staan?'
'Oude agenda's?'
De Cock schudde het hoofd.
'Nieuwe... van dit jaar.'
'Dat is vreemd. Inderdaad.'
De Cock hield zijn hoofd iets schuin.
'U eh... u onderhoudt geen contact met vroegere patiënten van uw man?'
Ze trok verbaasd haar wenkbrauwen op.
'Nee... waarom zou ik?'
'Ook niet met de mannen, die ik noemde?'
Ze trok wat wrevelig haar schouders op.

'Nee... ik ken alleen hun namen van de patiëntenkaarten, die mijn man bijhield en die ik onder mijn beheer had. Het was mijn taak om aan het einde van elk kwartaal de rekeningen op te maken aan de hand van de aantekeningen, die mijn man op de kaarten had gemaakt. Met de patiënten zelf had ik nooit enig contact. Ik geloof ook niet, dat mijn man dat op prijs had gesteld.'

De Cock knikte begrijpend.

'U woont hier alleen?'

Ze antwoordde niet direct. Er was bij haar voor het eerst iets van een aarzeling te bespeuren.

'Ik heb wel eens gasten... logés.'

'Familie?'

Ze blikte naar hem op. Haar donkerbruine ogen glansden en de lippen weken iets uiteen.

'Niet altijd... familie.'

De Cock verborg een glimlach achter zijn hand. Het understatement was hem niet ontgaan.

'U verblijft hier continu?'

Ze schudde langzaam haar hoofd. De lange zwarte haren waaierden over haar rug.

'Niet continu. Gedurende de weekeinden ben ik bij mijn oude moeder in Bloemendaal. Bovendien maak ik enige malen per jaar een kortere of langere vakantietrip.'

De Cock pauzeerde even; verschoof iets in zijn fauteuil. Het onderhoud zinde hem niet. Estella de Beaumonde reageerde zo bekwaam, zo direct, alsof ze reeds lang tevoren haar lesje had geleerd. Het beeld, dat ze van zich gaf, was bijna volmaakt. Misschien een tikkeltje ondeugend, maar verder een vlekkeloze weduwe van wijlen een perfecte psychiater. Het was hem allemaal te glad, te ongecompliceerd. Hij zuchtte diep.

'Die patiëntenkaarten... bezit u die nog?'

Haar ogen lichtten iets op.

'Zeker. Ze zijn nog compleet. Na de dood van mijn man heb ik de laatste rekeningen geschreven. Het kistje met de kaarten staat in zijn werk-studeerkamer.' Ze ontvouwde haar handen en wees omhoog. 'Hier recht boven. Ik heb die kamer onaangeroerd gelaten. Ik bedoel, er is sinds de dood van mijn man niets aan veranderd. Alles staat nog op zijn plaats. De kamer wordt ook nog iedere dag gestoft en schoongehouden... alsof Charles nog leefde. Alleen de

vroegere wachtkamer, aan de voorzijde van deze bel-etage, heb ik in gebruik genomen.' Ze trok haar mondhoeken iets op. 'Daaraan kleefden geen herinneringen.'
De Cock klemde zijn lippen op elkaar. Opnieuw had hij het gevoel, dat zij een ingestudeerde tekst sprak, onpersoonlijk, als een stem uit een antwoordapparaat.
Hij dwong zichzelf tot een glimlach. 'Mag ik de werkkamer van uw man eens zien?' vroeg hij vriendelijk.
Ze knikte en stond op.
'Ik zal u voorgaan.'
Ze stapte voor hen uit naar de deur, terug naar de marmeren gang, vanwaar een trap met fraai bewerkte houten spijlen draaiend omhoogliep. Onder aan de trap bleef ze staan en liet de mannen voorgaan.
De Cock passeerde haar zo dicht, dat hij met zijn arm haar borst beroerde. Ineens wist hij wat hem al die tijd had gehinderd. Haar onbetwiste schoonheid miste iets essentieels, de menselijke warmte, de sprankelende charme van een persoonlijkheid. Ze was als een kunstbloem, ingenieus, prachtig, maar steriel.
De werkkamer van wijlen Charles Paul de Beaumonde was ouderwets, maar stijlvol gemeubileerd, met een eiken cilinderbureau, een brede leren ligbank voor de patiënten en vier eiken fauteuils met leren rug- en armleuningen. In de hoek bij het raam stond een brandkast. De Cock hurkte erbij neer. Hij had zelden zo'n oud exemplaar gezien. De groene lak was hier en daar geschilferd en verroest staal blonk er door heen.
Estella de Beaumonde kwam naast hem staan.
'Dat is de doos van Pandora,' sprak ze.
De Cock keek vragend omhoog.
'Doos van Pandora?' herhaalde hij.
Ze knikte traag.
'Zo noemde Charles de brandkast altijd. Ik mocht er ook nooit in kijken. De kast zit vol rampen, onheil en andere kwalijke zaken, zei mijn man. Je kunt hem maar beter gesloten houden.'
De Cock kwam uit zijn gehurkte houding omhoog.
'Deed u dat?'
Ze keek hem strak aan. Ze zag bleek.
'Ik heb de kast nooit opengemaakt. Ook niet na de dood van mijn man. Ik weet niet eens waar de sleutel is.'

'U bent niet nieuwsgierig?'
'Nee.'
'Onvrouwelijk.'
Ze hield haar hoofd iets schuin.
'Misschien hebt u gelijk... is het vermogen om nieuwsgierigheid te onderdrukken een onvrouwelijke eigenschap. Het zij zo. Ik wilde in ieder geval niet dezelfde fout maken als Pandora.'
De Cock trok wat nonchalant zijn schouders op.
'Een oude Griekse mythe,' sprak hij achteloos.
Estella de Beaumonde schudde heftig haar hoofd. Haar donkere ogen gloeiden in een krijtwit masker.
'Geen mythe,' hijgde ze. 'Geen mythe.' Trillend strekte ze haar hand naar de oude brandkast uit. 'Hij zit inderdaad vol rampen en onheil. Ze dringen zelfs naar buiten zonder dat ik hem open maak.'
Plotseling liep ze naar het cilinderbureau. Rechts, onderaan, schoof ze een la open en kwam gehaast terug met een brief. 'Misschien... misschien was ik er nooit mee naar de politie gegaan... maar nu u er toch bent...'
Ze maakte haar zin niet af. Duidelijk geëmotioneerd gaf ze de brief aan De Cock.
Deze draaide hem een paar maal om en bekeek het geheel zorgvuldig. De adressering was correct, in grote beverige blokletters. De naam 'De Beaumonde' was juist geschreven. De enveloppe had het poststempel van Enkhuizen en was van recente datum. Ze droeg geen naam, geen afzender. Hij bracht de enveloppe bij zijn neus. Er was een vleugje lavendel.
'Wanneer hebt u die brief ontvangen?'
'Vanmorgen.'
'U hebt hem zelf opengemaakt?'
'Ja.'
De Cock drukte de enveloppe uiteen, nam er de brief uit en vouwde die open. In het midden, met slordig uitgeknipte letters van een krant, was een zin geplakt. Geschrokken blikte hij naar haar op. Vledder keek over zijn schouder mee.
'VLUCHT,' las hij, 'ALS UW LEVEN U LIEF IS.'

Ze stapten vanaf de Keizersgracht via de Leliegracht naar de Torensluis en wandelden vandaar door de Molsteeg naar de Gravenstraat. Op de weg terug zweeg De Cock. In gedachten ging

hij het gesprek met Estella de Beaumonde na, elk woord, elk gebaar, elke expressie van haar donkerbruine ogen overwegend. Hij kon dat. In jarenlange training had hij zich dat eigen gemaakt. Gedachten, zo wist hij, werden niet altijd in woorden vertolkt. Ze bleven vaak verborgen achter een façade van nietszeggende kreten.
Vledder snoof hoorbaar.
'Vlucht als uw leven u lief is.' Hij schudde het hoofd. 'Ik kan er niet in geloven. Het is zo ouderwets, zo gewild dramatisch, dat het mij als een grap voorkomt.' Hij keek vragend naar De Cock. 'Neem jij het ernstig?'
De Cock schoof zijn hoed wat naar achteren en krabde zich op het hoofd. 'Het had haar wel aangegrepen.'
Vledder grinnikte.
'Ik dacht eerst, dat ze pekelwater in haar aderen had in plaats van bloed. Wat een kille tante. Die oude psychiater zal ook niet veel plezier aan haar hebben beleefd.'
De Cock lachte uitbundig.
'Dat is een gevaarlijke conclusie,' sprak hij docerend. 'Je kunt je daarin behoorlijk vergissen. Dergelijke onderkoelde vrouwen kunnen in hun liefdeleven juist bijzonder onstuimig zijn.' Hij liep een tijdje nadenkend voort. 'Toen wij ons bij haar meldden, was er sprake van angst, onzekerheid, voorzorg. Dat dreef snel weer weg. Maar toen ze met die brief op de proppen kwam, was ze duidelijk een vat vol emoties.'
Vledder reageerde verrast.
'Jij... jij neemt die brief *wel* ernstig.'
De Cock stak een vinger omhoog.
'*Zij* nam hem ernstig.'
Vledder trok zijn wenkbrauwen samen.
'Je wilt zeggen, dat zij gegronde redenen heeft om de waarschuwing in de brief niet als een grap te beschouwen.'
De Cock keek hem vriendelijk grijnzend aan.
'Die schaarse momenten van helderheid, Dick... die waardeer ik zo in je.'
'Barst.'
Nog nukkig en grommend stapte Vledder voor een lachende De Cock het politiebureau aan de Warmoesstraat binnen. Meindert Post hing met zijn lichaam over de balie geleund. Zijn gezicht leek

een donderwolk. Toen hij De Cock in het oog kreeg, begon hij te brullen: 'Man... waar zat je? Jij bent ook altijd weg. Iedereen loopt om je te schreeuwen.'
De Cock stapte bedaard op hem toe.
'Wat is er dan?'
'Ze hebben uit het water van de Oude Waal een man opgevist.'
'En?'
'Ze zeggen, dat jij hem zoekt.'
Het duurde even voor het tot De Cock doordrong. Toen sloeg hij een hand voor zijn ogen. Pas na enkele seconden spreidde hij zijn vingers, keek naar het gezicht van de wachtcommandant en hijgde.
'Rooie Bakker.'

12

De Cock sprong behendig vanaf de wallekant op de kop van een oude schuit en liep door het gangboord naar achteren. Vledder volgde hem. Op de achterplecht lag het lijk van een man. Goor grachtenwater sijpelde uit zijn kleren, vormde kronkelende riviertjes op het dek. Achter het lijk stonden twee broeders van de geneeskundige dienst met een opgeheven brancard. Een jonge diender stapte naar hem toe.
'Een bewoner van deze schuit zag hem drijven. Ik heb toen de geneeskundige dienst gewaarschuwd. Die hebben hem uit het water gevist. Er was nogal belangstelling van het publiek en een man zei: waarschuw rechercheur De Cock, die loopt naar die vent te zoeken.'
'Wat was dat voor een man?'
De diender trok zijn schouders op.
'Ik ben in de drukte vergeten zijn naam te noteren. Hij was ook zo weer weg.'
'Hoe zag hij er uit?'
'Een iel mannetje met een muizensmoeltje.'
De Cock glimlachte.
'Dan vind ik hem wel.'
Hij hurkte bij de dode neer. Het was Rooie Bakker, zonder twijfel.

ij was duidelijk herkenbaar. Het vuile grachtenwater had zijn elaat nauwelijks aangetast. De Cock knoopte de overjas van de ode los. Daarna trok hij het colbert aan een van de revers iets pen. In het witte overhemd zaten drie donkerrode bloedvlekken, ij elkaar, in een groepje rond het hart.
ledder hurkte naast hem neer.
Vermoord,' hijgde hij. 'Net als de anderen.'
e Cock knikte traag. Een moe gevoel van onmacht overviel hem. oe vaak zou de moordenaar nog toeslaan? Hoeveel doden zou hij og moeten aanschouwen voor hij hem eindelijk had gevonden?
ij kwam langzaam overeind. Zijn knieën kraakten.
s de lijkschouwer al geweest?'
e jonge diender knikte en raadpleegde zijn boekje.
Het was een vreemd oud manneke. Dokter Den Koninghe. Hij ei, dat de man dood was.'
e Cock schonk hem een wrange grijns.
Bedankt.'
ij wenkte de broeders.
Breng hem naar het sectielokaal.'
e mannen knikten als een tweeling, legden de brancard naast de ode neer, schoven hem bekwaam op het bruine canvas en sjorden em vast. Wiegend droegen ze hem door het gangboord naar de mbulance-wagen op de Oude Waal.
De Cock keek hen na. Rooie Bakker was een rat. Een van de vele ratten, die in de Amsterdamse misdaad-jungle aan de kost probeerden te komen. Hij zuchtte, wreef met een vlakke hand over zijn gezicht. Zo'n dood had hij Rooie Bakker niet gegund. Wat gebogen liep hij achter Vledder naar de wallekant. Soms was hij geneigd zelfs van ratten te houden.
Vledder wees naar de wegrijdende ambulance-wagen.
'Zal ik meegaan naat het sectielokaal?'
De Cock knikte.
'Laat hem ontkleden en neem al zijn bezittingen mee. Denk om zijn agenda en kijk of ook hij een plattegrond van Amsterdan bij zich heeft.'
'En dan?'
'Dan ga je met je spulletjes naar de Kit en vraag je of Fred Prins met je meegaat. Misschien kun je nog een paar rechercheurs charteren.'

'Waarvoor?'
De Cock wees om zich heen.
'Om te zoeken. Onze moordenaar lijkt mij niet het type om lang met een lijk rond te zeulen. Dat is volgens mij ook niet gebeurd. Rooie Bakker moet hier ergens in de buurt zijn neergeschoten en daarna in het water zijn gegooid. Ik schat, dat de hulzen hier ergens aan de wallekant liggen. En als je die hebt gevonden, dan doe je in de omgeving van de vindplaats een buurtonderzoek. Of men iets heeft gezien... knallen heeft gehoord.'
Vledder knikte begrijpend.
'En jij?'
'Ik ga naar Lowietje.'
Vledder keek demonstratief op zijn horloge.
'Het is te vroeg voor cognac.'
De Cock keek hem aan. Secondenlang. Op zijn gezicht lag een droeve trek. Zonder iets te zeggen draaide hij zich om en slenterde de Oude Waal af.

Smalle Lowietje streek met zijn handen over zijn vest. Hij keek somber.
'Ik kwam net van mijn oude moeder aan de Kalkmarkt en zag hoe ze hem uit de Oude Waal opvisten.'
'En toen heb je tegen die diender gezegd dat ik belangstelling voor hem had.'
De Smalle keek hem bezorgd aan.
'Dat is toch zo?'
De Cock knikte bemoedigend.
'Ik had hem nodig als getuige in een moordzaak.'
'En nu is hij dood.'
'Vermoord... drie kogels in zijn borstkast.'
De caféhouder snoof.
'Ze vallen als kegeltjes tegenwoordig.'
De Cock verschoof iets op zijn kruk.
'Vind je het vreemd?'
Smalle Lowietje schudde bedaard het hoofd.
'Rooie Bakker heeft in zijn leven een heel legertje vijanden gekweekt. Daar was hij voortdurend mee bezig. Hij heeft heel wat mensen angstige uren bezorgd. Dat doe je op den duur niet ongestraft. Er is er altijd wel eentje, die het niet langer pikt.'

De Cock staarde voor zich uit.
'Jij zei toch, dat hij binnenkort een geweldige klapper zou maken?'
De Smalle knikte overtuigend.
'Dat hoorde ik van Zwarte Jopie. Hij had een goudmijntje aangeboord. Het mannetje moest alleen nog even over de brug komen.'
De Cock grijnsde vals.
'Misschien kwam hij wel over de brug... de brug over de Oude Waal... een pistool in de hand.' Hij kauwde nadenkend op zijn onderlip. 'Zit Zwarte Jopie nog steeds in de Oude Kennissteeg?'
Smalle Lowietje strekte zijn arm.
'Naast het pandje van Brabantse Gonny. Boven. Je moet dat blauwe stoepje hebben met dat smalle deurtje. Ik denk wel, dat ze nu thuis is.'
'Weet ze het al?'
Lowietje trok zijn schouders op.
'Misschien... misschien hebben ze het haar al verteld.'
De Cock liet zich van zijn kruk glijden.
'Hoe groot was de liefde tussen die twee?'
Smalle Lowietje keek mistroostig.
'Wat heet 'liefde' bij die gasten?'

De Cock hees zijn negentig kilo het gammele trapje op. De wat vermolmde treden kreunden onder zijn gewicht. Hij klopte niet aan, maar stapte brutaal naar binnen.
Zwarte Jopie zat in haar peignoir voor een gaskacheltje met acht staven. Ze leek door zijn komst niet in het minst geschokt. Met een brede glimlach om haar lippen keek ze naar De Cock op.
'Kom je als stille* of als klant?'
De Cock ging tegenover haar zitten.
'Ik zal de keuze maar niet aan jou overlaten.'
Ze duwde haar borsten iets omhoog en keek hem verleidelijk aan.
'Je weet niet wat je mist.'
De Cock trok zijn gezicht in een ernstige plooi.
'Wat mis jij...' Hij verstomde, hield zijn blik strak op haar gericht.
Haar gelaatsuitdrukking veranderde. De plotselinge ernst op het gezicht van de rechercheur verwarde haar.

* Bargoens voor rechercheur.

'Hoe bedoel je?'
De Cock slikte, schatte haar weerstand.
'Wat mis jij... als ik je vertel, dat wij Rooie Bakker uit de Oude Waal hebben gevist?'
Ze sperde haar ogen wijd open.
'Is hij dood?'
De Cock liet zijn hoofd wat zakken.
'Vermoord.'
Ze leunde in haar stoeltje achterover. Haar gezicht werd bleek onder een overdadige make-up.
'Ik had het wel gedacht,' lispelde ze. 'Ik had het wel gedacht. Ik had het wel gedacht.'
Ze herhaalde het als een echo.
'Wat?'
'Dat ze hem koud zouden maken.'
'Wie?'
Ze spreidde haar armen.
'Je weet toch hoe die Rooie Bakker leefde? Van vieze centjes. 'Mister list en bedrog', zo werd hij genoemd. Het was gewoon een gore rat. Meer niet. Hij heeft zelfs mij te grazen gehad. Geld van mijn moeder, dat...'
De Cock onderbrak haar.
'Hij zou toch binnenkort een geweldige klapper maken?'
Ze kwam naar voren. Levendig. Onder haar make-up kreeg haar gezicht weer kleur. Het leek alsof ze haar verdriet nu al had verwerkt. Ze schudde haar hoofd. Vol medeleven.
'Ach,' sprak ze geringschattend, 'ik ken die Rooie al heel lang. Ik ben ook vroeger een paar jaren met hem omgegaan. Bakker had altijd grote verhalen... over geweldige klappers... over goudmijntjes... over mannetjes, superdik in hun slappe was, van wie hij dan weer iets wist dat het daglicht niet kon velen. Begrijp je, hij leefde altijd in fantasieën.' Ze zweeg even. Er kwam een zweem van vertedering op haar gezicht. 'Ik zou liegen... ik heb het nooit slecht bij hem gehad. Echt niet. Hij had altijd wel zijn brood... maar echt groot is hij nooit geworden.'
De Cock liet zijn blik door het kamertje dwalen. Op een peuterig dressoirtje stond een portret van Rooie Bakker in zijn beste jaren.
'Ik zoek zijn moordenaar, Jopie,' sprak hij kalm. 'De man, die hem drie kogels door zijn bast joeg. En daar heb ik jouw hulp bij nodig.

Ik acht het helemaal niet uitgesloten, dat die geweldige klapper, waarvan Rooie Bakker droomde, daar iets mee te maken heeft.'
Ze knikte traag.
'Dat zou kunnen.'
De Cock schoof zijn stoel wat dichter naar haar toe.
'Wat heeft hij jou verteld?'
Ze bracht trillend een hand naar haar mond en plotseling waren er tranen. Ze drupten uit haar zwart omrande ogen op de glanzende stof van haar peignoir.
'Arme Rooie... weet je, De Cock... hij was zo zeker van zichzelf... dit keer. Het kon gewoon niet misgaan.'
'Wat?'
Zwarte Jopie had zich weer in bedwang. Ze haalde een verfrommeld zakdoekje uit haar mouw en depte haar ogen.
'Die vent had gezegd, dat hij de foto's graag in zijn bezit had en dat ze hem wel een ton waard waren.'
'Wat voor foto's?'
Ze zuchtte.
'Foto's van die vent in vrouwenkleren. Rooie Bakker had ze 's avonds van hem gemaakt. Stiekem. Zonder dat die vent het wist. Toen bood hij ze hem te koop aan.'
'Voor een ton?'
'Dat wilde die vent ervoor geven.'
De Cock floot tussen zijn tanden.
'Een hoop geld voor een paar foto's.'
Ze trok een grimas.
'Misschien wilde die knul voor de buitenwereld niet weten, dat hij wel eens in vrouwenkleren liep.'
De Cock maakte een achteloos gebaar.
'Er zijn heel wat travestieten.'
Ze snoof en trok haar mondhoeken iets op.
'Als ze ervoor uit durven komen, is er niets aan de hand. Het verbaasde Rooie Bakker ook, dat die vent er zoveel geld voor overhad.'
De Cock keek haar scherp aan.
'Wie is die vent?'
Ze trok hulpeloos haar schouders op.
'Als ik het wist, dan zou ik het je zeggen, De Cock. Echt. Als Rooie Bakker het over hem had, sprak hij altijd van 'het mannetje'.

Ik heb zijn ware naam nooit horen noemen. Rooie Bakker deed er erg geheimzinnig over.'
'Heb je die foto's wel eens gezien?'
Ze schudde droef het hoofd.
'Rooie Bakker zal ze wel ergens in een bankkluis hebben liggen. Compleet met de negatieven. Dat was zo zijn gewoonte. Hij had nooit iets thuis.'
Er was iets in het verhaal van Zwarte Jopie, dat De Cock ongeloofwaardig voorkwam. Onwaarschijnlijk, vreemd, bizar. Het bracht zijn hersens op volle toeren.
'Wanneer zijn die foto's gemaakt?'
'Kort geleden.'
De Cock trok zijn wenkbrauwen samen. Hij bracht zijn gezicht dicht bij haar.
'Waarom,' sprak hij scherp, 'waarom maakte Rooie Bakker juist van die vent foto's en niet van een andere travestiet? Bovendien... hoe wist hij, dat hij met een travestiet van doen had?'
Ze week iets terug. De scherpe vragen verwarden haar.
'Dat eh... dat weet ik niet,' stamelde ze. 'Rooie Bakker had een gabbertje gesproken... zo'n gigolo... weet je... zo'n knul, die voor geld met oudere vrouwen naar bed gaat. Van hem had hij die tip.'
De Cock werd ongeduldig. 'En wie is dat gabbertje?'
Ze begon te huilen, boog haar hoofd en verborg haar gezicht achter haar handen.
'Dat moet je aan die Rooie vragen... dat moet je aan die Rooie vragen...'
De Cock stond op, legde vertrouwelijk een hand op haar schouder, verliet het kamertje en ging langs de gammele trap naar beneden. Buiten ademde hij diep. Zelfs de lucht in de Oude Kennissteeg was een verfrissing.

13

Vledder wees naar een lange tafel in de recherchekamer, waarop de nog natte bezittingen van Rooie Bakker waren uitgestald. De

bijzonder fraaie kleren van de chanteur waren in een plastic vuilniszak onder de tafel geschoven. Achteloos. Het hemd met de drie kogelgaten bovenop.
'Dat is de hele santenkraam.'
'Is er iets bij?'
Vledder knikte heftig. Hij pakte een natte agenda van de tafel, liet die aan De Cock zien en wees.
'Kijk, het telefoonnummer van die psychiater aan de Keizersgracht. Net als bij de anderen. Het is er alleen later bijgeschreven. Het schrift wijkt iets af. Toen Rooie Bakker aan het begin van dit jaar zijn agenda in gebruik nam, kende hij het nummer blijkbaar nog niet. Het staat duidelijk apart en is ook met een andere pen geschreven.'
Hij keek naar zijn collega op. 'We zouden Estella de Beaumonde moeten vragen of Rooie Bakker ook een patiënt van haar man was.'
De Cock keek op de grote elektrische klok in het midden van de kamer.
Het was bijna tien uur.
'Estella zal er vermoedelijk niet meer zijn. Ze gaat elk lang weekeinde naar haar moeder in Bloemendaal.' Hij trok zijn schouders op. 'Het heeft ook niet zo'n haast.' Hij richtte zijn aandacht weer op de agenda. 'Heb je verder nog bijzonderheden ontdekt?'
Vledder schudde het hoofd.
'Je wordt bijna geen wijs uit die krabbels. Buiten de normale cijfers voor het noteren van zijn telefoonnummers, gebruikte Rooie Bakker alleen maar hiërogliefen.'
De Cock grinnikte.
'Hij had in zijn leven blijkbaar veel te verbergen.' Hij liet zijn blik over de tafel dwalen. 'Was er ook nog een plattegrond van Amsterdam bij?'
Vledder knikte met een glimlach.
'Compleet met een aangekruiste plek. Dat bleek verdomd gemakkelijk. Fred Prins ging erheen en vond direct de hulzen... alle drie.'
'Waar?'
'Bij de Montelbaanstoren aan de Oude Schans. Recht tegenover de Oude Waal. Wij vermoeden, dat het lichaam, na de dodelijke schoten, bij de Montelbaanstoren in het water van de Oude Schans

is gegooid en later door het spuien in het water van de Oude Waal terecht is gekomen.'
De Cock blikte voor zich uit.
'Dat is hemelsbreed niet zo ver van de Lastageweg,' sprak hij peinzend. 'De moordenaar schijnt zich in die omgeving goed thuis te voelen.'
Vledder knikte.
'Alleen het Rembrandtpark, in het zesde district, ligt wat uit de route.' Hij streek met zijn vingers door zijn lichtblonde haren. Zijn jong, fris gezicht, stond ernstig.
'Jan-Willem Hoffmann, Alexander Peetersen, Rooie Bakker... drie moorden... dezelfde moordenaar... en we zijn nog geen stap verder.'
Er werd geklopt, zacht, bedeesd. De rechercheurs keken verstoord op. Vledder riep: 'Binnen.' Het klonk bars, bijna onvriendelijk.
Langzaam gleed de deur open een een jongeman keek schuchter, verlegen om zich heen. De Cock schatte hem achter in de twintig. Hij was klein van stuk, slank, met een prettig, open gezicht. Donkerblond haar krulde tot diep in de nek. Hij droeg een bruin colbert van ruige tweed met leren ovaaltjes aan de ellebogen. Omzichtig stapte hij naar hen toe.
'Kan ik hier rechercheur De Cock vinden?'
De grijze speurder glimlachte.
'Dat kunt u.' Hij tikte jongensachtig met een kromme vinger op zijn borst. 'De Cock. Waarmee kan ik u van dienst zijn?'
De jongeman slikte; had duidelijk moeite zich te presenteren.
'Mijn naam is Felix... Felix de Beaumonde. Ik wilde eens met u praten.' Hij wierp schichtig een blik op Vledder. 'Vertrouwelijk.'
De Cock wees op de stoel naast zijn bureau.
'Gaat u zitten. En steekt u gerust van wal. Bij mijn collega is discretie verzekerd... op die voorwaarden hebben wij hem aangenomen.'
Felix de Beaumonde trok de broekspijpen van zijn onberispelijke pantalon iets op en nam schuchter plaats. Het grapje ontging hem.
'Het gaat over mijn moeder... of feitelijk mijn stiefmoeder... Estella de Beaumonde.'
De Cock knikte.
'We hebben haar vanmorgen bezocht.'
De jongeman friemelde nerveus aan zijn stropdas.

'Dat heb ik van haar gehoord, ja. Ze eh... ze had een dreigbrief ontvangen.'
'Ik beschouw het niet als een dreigbrief.'
'Geen dreigbrief?'
De Cock schudde het hoofd.
'Het heeft meer weg van een waarschuwing.'
'Waarvoor?'
De Cock keek hem strak aan.
'Een naderend onheil.'
Felix de Beaumonde maakte kleine tut-geluidjes en schudde bedroefd het hoofd.
'Het is verschrikkelijk om het te moeten zeggen, rechercheur. Maar het is haar eigen schuld.'
De Cock trok zijn wenkbrauwen op.
'Eigen schuld?'
De jongeman knikte heftig.
'Ze zoekt het zelf op... ze zoekt voortdurend het gezelschap van louche figuren.'
'Louche... in welk opzicht?'
Felix de Beaumonde zuchtte diep.
'Al vrij kort na de dood van mijn vader begon Estella vreemde dingen te doen. Ze leek losgeslagen, ging duidelijk het verkeerde pad op. In plaats van uit te zien naar een degelijke heer om een huwelijk aan te gaan, zocht ze het gezelschap van jongemannen, die zich voor hun eh... gunsten laten betalen.'
'Gigolo's.'
De jongeman streek met zijn vingertoppen over zijn wang.
'Dat eh... dat is, geloof ik, hun benaming. Ik heb diverse malen jongemannen van dat kaliber bij haar aangetroffen. Ik heb er wel eens iets van gezegd... een waarschuwend geluid laten horen. Maar daarvoor bleek ze ongevoelig.'
De Cock boog zich vertrouwelijk naar hem toe.
'Uw stiefmoeder ziet er nog heel aantrekkelijk uit en is bovendien uiterst charmant. Het moet voor haar toch mogelijk zijn om op de gebruikelijke wijze contacten met mannen te onderhouden?'
Felix de Beaumonde draaide zijn hoofd iets weg.
'Ik heb er mijn oude vader in het verleden nooit over horen klagen, maar misschien is Estella onmatig... stijgen haar verlangens, wensen, ver boven de mogelijkheden van een enkele man uit.'

De Cock grinnikte om de onnozelheid.
'Dat is nog geen reden om liefde te kopen. Ik ken genoeg vrouwen, die seksuele relaties met meer mannen onderhouden en zich daar heel prettig bij voelen.'
Felix de Beaumonde friemelde met zijn handen.
'Ik weet niet wat eraan schort... wat Estella mankeert. Ik zou het graag willen weten, maar ik ben als stiefzoon feitelijk niet in een positie om haar naar de reden van haar gedrag te vragen.'
De Cock reageerde verwonderd; een tikkeltje kwaad.
'Waarom zou u? Ik vind haar gedrag, zoals u mij dat schetst, niet exceptioneel, uitzonderlijk. Er zijn mensen verslaafd aan alcohol. Anderen gaan aan drugs ten onder. In de zin van onmatigheid... prefereer ik sex.'
Felix de Beaumonde schudde wat wrevelig het hoofd.
'Toch maak ik mij zorgen.'
De Cock keek hem onderzoekend aan.
'U neemt die waarschuwing ernstig?'
'Ja, dat doe ik.'
'En u vermoedt, dat hij komt uit de kring van de jongemannen, met wie zij verkeert?'
'Beslist.'
'Kent u die mannen?'
Felix de Beaumonde stak zijn handen omhoog.
'Estella heeft mij bij gelegenheid wel eens van die jongemannen aan mij voorgesteld. De namen zijn mij echter ontschoten. Ze interesseerden mij ook niet. Integendeel, ze wekten weerzin bij mij op.'
De Cock streek nadenkend over zijn kin.
'De moeilijkheid is... hoe wilt u in die context zo'n waarschuwing plaatsen? Wat is de reden? Onenigheid? Jaloezie? Zegt u het maar.'
Felix de Beaumonde trok zijn schouders op.
'Dat weet ik niet. Misschien chantage. Ik ken geen achtergronden. Estella gunt mij geen blik in haar privé-leven. Dat grendelt ze zorgvuldig af. Ik weet niet op welke wijze zij in moeilijkheden is geraakt.'
'Is zij dat?'
De jongeman knikte ernstig.
'Ze heeft een tweede brief ontvangen.'

'Wanneer?'
'Ze vond hem vanmiddag in de hal. Blijkbaar onder de deur geschoven. Estella belde mij erover voor ze naar Bloemendaal ging.'
'Niet per post?'
'Nee.'
'En de tekst?'
Felix de Beaumonde zag bleek.
'VLUCHT...U BENT TE JONG OM TE STERVEN.'

De woorden weerkaatsten nog tegen de kale wanden van de recherchekamer, toen Felix de Beaumonde al enige minuten was vertrokken.
Vledder keek zijn collega bezorgd aan.
'Wat moeten we daar nu mee?' riep hij kriegel. 'Zou Estella werkelijk in gevaar verkeren? Hoe en waarom dan? Ik kan het amper geloven. Het lijkt mij meer een sinistere grap.'
De Cock bromde.
'Ik kan er de humor niet van inzien.'
Vledder kwam naast hem staan.
'Die eh... die mooie gladde jongens,' sprak hij aarzelend, 'die gigolootjes zijn toch in de regel niet gewelddadig? Ken jij daar voorbeelden van?'
De Cock schudde het hoofd.
'Als er voor Estella de Beaumonde gevaar dreigt, dan niet uit die hoek. Daar ga ik van uit. Zolang zij die jongens voor hun diensten en gunsten betaalt, blijven ze komen. Betaalt ze niet meer, dan blijven ze weg. Tenzij een van hen het zelf prettig heeft gevonden en de relatie con amore voortzet.' Hij zweeg even, staarde voor zich uit. 'Ik ken wel gevallen van chantage door gigolo's. Maar als chantageobject lijkt Estella mij niet zo geschikt. Ze is een 'vrije' vrouw, zonder morele bindingen. En als ik goed heb geluisterd naar Felix de Beaumonde, dan weet Estella deksels goed wat ze wil en is ze best in staat om op zichzelf te passen.'
Er werd weer geklopt. Ze keken elkaar aan. Vledder grinnikte. 'Het is vanavond druk aan ons stalletje,' grapte hij. Hij zette zich in postuur en riep heel luid: 'Binnen.'
Tot hun verbazing werd de deur geopend door Smalle Lowietje. De caféhouder vertoonde zich vrijwel nooit in het politiebureau aan de

Warmoesstraat. Hij wilde niet graag, dat de penoze hem daar zag, bang om voor 'versliecheraar'* te worden uitgekreten.
De Cock liep vriendelijk lachend op hem toe.
'Heb je je tent al gesloten?'
Smalle Lowietje schudde gehaast het hoofd. Hij leek wat nerneus, gespannen. Hij zag bleek en op zijn wangen trilde een zenuwtrek.
'Kareltje staat even achter de tap.'
'Je hebt je losgescheurd?'
Smalle Lowietje knikte.
'Ik kon niet langer wachten. Het kriebelde van binnen. Ik ben gauw door de Heintje Hoeksteeg gekomen. Dan wip je hier zo naar binnen. De wachtcommandant beneden zei, dat je er nog was.'
De Cock keek hem onderzoekend aan.
'Is er wat, Lowie? Je ziet bleek.'
De caféhouder zakte zuchtend op een stoel.
'Ik wil er niets mee te maken hebben. Daarom kom ik. Begrijp je? Ingeval er iets gebeurt.'
'Wat gebeurt?'
De Smalle trok geprikkeld zijn schouders op.
'Dat weet ik niet. Ik had het je vanmiddag al moeten zeggen, maar door al die consternatie rond de dood van Rooie Bakker is het mij ontschoten.'
'Wat?'
Smalle Lowietje verschoof iets op zijn stoel.
'Er waren klanten in mijn zaak... meissies van de vlakte... jongens uit de penoze. Ze hebben die vent gezien en gehoord wat hij zei.'
'Wat voor een vent?'
Op het smoeltje van Smalle Lowietje kwam een smartelijke trek.
'Die vent gisteren, die pistolen wilde kopen.'
'Pistolen?'
'Nou ja, pistolen of revolvers. Dat kon hem niet schelen. Hij had er elf nodig.'
De Cock trok zijn wenkbrauwen samen.
'Elf,' riep hij verrast.
Smalle Lowietje gebaarde hulpeloos.
'Het is krankjorum... ik weet het. Ik ben er ook niet op ingegaan.'

* Verklikker.

De Cock pakte er een stoel bij en ging tegenover hem zitten.
'Je hebt hem doorgestuurd... naar de Blauwe... Max Doppie... Pistolen Henkie?'
De caféhouder schudde fel het hoofd.
'Ik heb hem niet doorgestuurd. Geloof me, De Cock. Ik wil echt wel eens wat rommelen, maar voor deze handel voelde ik niets.'
'Heeft hij zijn wapens gekregen?'
De kleine caféhouder antwoordde niet. Hij draaide zijn hoofd iets weg en ontweek de blik van De Cock. Deze schoof zijn stoel dichter naar hem toe.
'Heeft hij ze gekregen?' herhaalde hij feller.
Smalle Lowietje zuchtte diep.
'Ik weet het niet. Echt niet. Maar ik denk van wel. Zie je, die vent was bereid er een hoop geld voor te geven en dan zijn er altijd wel...'
De Cock perste zijn lippen op elkaar. Onderbrak hem.
'Wat was het voor een vent? Hoe oud was hij?'
Smalle Lowietje keek naar hem op.
'Een man van een jaar of vijftig. Misschien nog wat ouder. Een lange schrale man. Het type van een oude aristocraat, piekfijn in de kleren, mooi grijs haar en een hete aardappel in de keel.'
De Cock sloeg zijn handen voor zijn ogen.
'De lange schrale man,' sprak hij toonloos.
Secondenlang leek hij verkrampt, terneergeslagen, toen sprong hij wild overeind en schoof de stoel weg. Hij zwaaide breed naar Smalle Lowietje.
'Ga terug naar je tent,' gebood hij, 'en probeeer er achter te komen of... en zo ja... door wie de elf pistolen uiteindelijk zijn geleverd.'
De caféhouder trok een benauwd gezicht.
'Denk aan mijn klandizie,' riep hij angstig.
De Cock keek hem glimlachend aan.
'Oké, Lowie,' sprak hij vriendelijk. 'Ik begrijp het. Ik wil je niet in moeilijkheden brengen.'
Hij begeleidde de caféhouder tot aan de deur en wendde zich toen tot Vledder.
'Bel mevrouw Van Breevoorde.'
'Wie is dat?'
De Cock schudde droef het hoofd.

'Dat is de moeder van Estella in Bloemendaal. Ik wil weten of alles in orde is.'
Vledder greep het telefoonboek en De Cock begon door de recherchekamer te stappen. Het raderwerk van zijn hersenen draaide op volle toeren. Ergens was een samenhang, ergens paste alles ineen... als een legpuzzel. In zijn slentergang dreunde hij voort... tien meter heen... tien meter terug. De wereld om hem heen vervaagde. Vledder stuitte zijn gang.
'Er wordt niet opgenomen.'
Het gezicht van De Cock versomberde.
'Bel de politie in Bloemendaal en vraag of ze even langs het huis willen rijden. Misschien is er iets met de telefoon.'
Vledder pakte de politie-almanak en De Cock stapte door. Gespannen, minder mechanisch. Hij hoorde in de verte de stem van Vledder en merkte, dat er iets haperde. Hij bleef staan en keek naar zijn collega op.
Vledder hield zijn hand op de hoorn.
'Ze eh... ze vragen in Bloemendaal waarom wij interesse hebben.'
'Zeg maar, dat wij eh... dat wij bang zijn, dat er iets met haar is gebeurd.'
De Cock keek scherp toe en zag hoe het gezicht van Vledder verbleekte.
'Wat is er?'
Vledder legde de hoorn weer op het toestel.
'Ze hebben Estella gevonden. Na een anonieme tip. Nog geen half uur geleden.'
'Waar?'
'In de duinen bij Bloemendaal. Aan de Zeeweg.'
'En?'
'Vermoord.'

14

De klok in de grote recherchekamer van het politiebureau in de Warmoesstraat wees half twaalf. De schok, die het bericht van Estella's dood had gebracht, trilde nog na. Vledder zat triest, wat

verloren, achter zijn bureau en De Cock vroeg zich af of hij de waarschuwingen, die Estella had ontvangen, niet ernstiger had moeten opvatten, of hij er niet beter aan had gedaan de politie in Bloemendaal eerder in kennis te stellen.
Hij trok zijn schouders op. Het had vermoedelijk nauwelijks enig effect gesorteerd. Wat had men kunnen doen? Estella continu bewaken? Op basis waarvan? Een waarschuwing... van wie... waarvoor?
Hij zette de gedachte van zich af en liep naar Vledder.
'Neem een wagen en ga naar de politie in Bloemendaal. Kijk wie de zaak behandelt en noteer alle omstandigheden, waaronder Estella de dood vond. Vertel van de waarschuwingen, die ze had ontvangen, maar zeg niets over ons eigen onderzoek. Begrijp je? Niets over Jan-Willem Hoffmann, Alexander Peetersen en Rooie Bakker.'
Vledder keek hem bedenkelijk aan.
'Hoe moet ik dan ons bezoek vanmorgen aan Estella de Beaumonde verklaren?'
De Cock streek nadenkend met zijn pink over de rug van zijn neus.
'Zeg maar, dat zij ons had gebeld over die eerste brief, die zij had ontvangen en dat wij heel beleefd naar haar hebben geluisterd, maar de waarschuwing niet al te ernstig hebben opgevat. Men zal daar begrip voor hebben.' Hij pauzeerde even; wreef zich met een pijnlijk gezicht achter in de nek. 'Zorg er in ieder geval voor, dat ze vannacht niet meer naar Amsterdam komen om haar woning aan de Keizersgracht te doorzoeken.'
Vledder grinnikte vreugdeloos.
'Hoe moet ik dat doen?'
De Cock raakte wat geïrriteerd.
'Dat kan mij niet schelen. Bedenk wat. Prik desnoods al hun banden lek.'
Vledder keek argwanend naar hem op.
'Wat ga jij dan doen?'
De Cock stapte naar de kapstok.
'Ik ga naar Handige Henkie... kijken of hij zijn gereedschap nog in het vet heeft liggen.'

De ex-inbreker keek De Cock schattend aan.
'Ik heb ze niet weggegooid. Als je dat bedoelt?'

De Cock grinnikte.
'Dat bedoel ik. En ik wil, dat je ze weer uit het vet haalt.'
'Waarvoor?'
De Cock maakte een nonchalant gebaar.
'Om een kast open te maken.'
'Wat voor een kast?'
De Cock beet even op zijn onderlip.
'Een oude brandkast. Eentje uit het begin van deze eeuw. Echt een pracht-exemplaar. En voor jou een peuleschilletje.' Hij graaide in een buitenzak van zijn colbert naar het koperen houdertje, waarin uitschuifbaar een collectie sleutelbaarden in allerlei fatsoenen. Hij had het eens, lang geleden, van Handige Henkie gekregen, toen deze onder dwang van zijn dochter voor het smalle pad der deugd koos. Hij hield het omhoog. 'Ik heb hier altijd veel plezier van gehad, Henkie. Het heeft mij vaak geholpen om de waarheid aan het licht te brengen. Ik ben je er ook nog steeds dankbaar voor. Maar met dit ding krijg ik die kast niet open. Het heeft een 'pomp'-slot. Als ik mij goed herinner... jouw specialiteit.'
'Wat is er te halen?'
De Cock schudde het hoofd.
'Voor jou... voor jou niets.'
'En voor jou?'
De Cock spreidde zijn handen.
'Dat weet ik niet. Niet precies. Ik heb een flauw vermoeden. Een vaag idee. Meer niet.'
Handige Henkie tuitte zijn lippen en schudde het hoofd.
'Ik voel er niets voor.'
De Cock keek hem strak aan.
'Het kan verband houden met de moord op Jan-Willem Hoffmann,' sprak hij geduldig. Hij boog zich vertrouwelijk naar voren. 'En het zou voor Jozefien toch een mooi ding zijn als ik de ware moordenaar pakte.'
Het gezicht van Handige Henkie verstrakte.
'Ze hadden haar toen nooit mogen arresteren. Jozefien is onschuldig. En dat is de waarheid.'
De Cock glimlachte fijntjes.
'Als je ze niet hard kunt maken... zeggen waarheden in dit leven niet veel. Je moet over bewijzen beschikken. Zolang de moordenaar van Jan-Willem Hoffmann niet is ontmaskerd, zal men Joze-

fien blijven nawijzen. Mensen vergeten niet. Geloof me, zelfs jouw kleinkinderen zullen er nog de naweeën van ondervinden.' Hij zweeg even, hoopte, dat zijn woorden weerklank zouden vinden. 'Je kunt niet weigeren, Henkie. Je moet me helpen.'
De oude inbreker liet zijn hoofd wat zakken. Hij krabde nadenkend achter het oor. Na een poosje blikte hij op. 'Risico's?'
'Nauwelijks.'
'Een 'pomp'-slot?'
De Cock lachte bevrijd.
'Voor jou... een zacht eitje.'

Het was stil op de Keizersgracht. Verderop, in de Raadhuisstraat en op de Westermarkt, reden auto's. Vanaf de Leliegracht klonken voetstappen van een late wandelaar. Aan de wallekant scharrelde een enkele rat. De Cock keek omhoog. De klok van de Westertoren lichtte in de nacht. Het was bijna twee uur.
Boven op het bordes stond Handige Henkie. Zijn wijde regenjas hing los, beschermend om hem heen. Wat gebogen tastte hij naar een brede linnen gordel om zijn middel, waarin een keur van fijne gereedschappen. In enkele seconden had hij de deur van slot. Met een licht geoliede lap veegde hij zijn vingersporen weg en duwde de deur met zijn schouder open. Vanuit de opening wenkte hij De Cock. Toen deze binnen was, deed Henkie de deur weer achter zich op slot.
Vanuit de hal liepen ze naar de brede wit marmeren gang. Het licht van hun zaklantaarns wierp lange ovalen over de grillige guirlandes van stucwerk aan het plafond. Ze stapten de brede deur in het midden van de gang voorbij en gingen naar de draaitrap met de fraai bewerkte houten spijlen.
De deur naar het werk- en studeervertrek van de dode psychiater was niet op slot. Omzichtig slopen ze naar binnen. Handige Henkie hurkte onmiddellijk bij de oude brandkast neer. Verrast keek hij naar De Cock op.
'Wat een schatje,' riep hij verrukt. 'Een beeld van een kast. Ik wist niet dat ze er nog waren. Het zijn museumstukken. Zo'n 'pomp'-slot is een fraai staaltje van fijn mechanica.'
De Cock grinnikte.
'Je moet niet lyrisch over die kast worden. Je moet hem openmaken.'

Handige Henkie bekeek het ingeslagen serie-nummer op een koperen plaat en zocht toen in zijn brede gordel naar geschikte gereedschappen.
De Cock keek een poosje toe. Daarna liep hij naar het eiken cilinderbureau en ging eraan zitten. Hij trok de bak met patiëntenkaarten naar zich toe en zocht. Er was geen kaart van Rooie Bakker. De patiëntenkaarten van Jan-Willem Hoffmann en Alexander Peetersen lichtte hij uit de bak en bekeek ze zorgvuldig. Rechts boven aan de kaarten waren nummers en tekentjes in diverse kleuren.
De Cock kreeg het warm. Hij voelde hoe een innerlijke gloed de temperatuur van zijn lichaam deed stijgen. En plotseling wist hij het met grote zekerheid... hier, in deze kamer, lag de sleutel tot de moorden. Hij wreef met zijn vingers langs zijn boord en keek naar Handige Henkie, die een gesmoorde kreet slaakte.
'Hij is open.'
De Cock kwam van achter het cilinderbureau vandaan. Het leek een ceremonieel toen Handige Henkie de grendels verschoof en de deur van de brandkast openzoefde. In het licht van twee zaklantaarns zagen ze rekken, houders met honderden cassettebanden.
Handige Henkie keek naar hem op.
'Is dat het?'
In zijn stem klonk teleurstelling en twijfel.
De Cock knikte traag.
'Zijn ze genummerd?'
Handige Henkie trok een rek naar zich toe. Zijn vingers gleden over de houders.
'Ze staan op nummer en op naam.'
De Cock likte aan zijn droge lippen.
'Haal al de rekken uit de brandkast. Zet ze maar op die leren bank. Dat lijkt me het beste. Ik wil weten of er cassettebanden ontbreken.'
Handige Henkie knikte begrijpend.
'Het moet zo te zien zijn.'
Gestaag werkten ze door. Rek voor rek, houder voor houder. En De Cock noteerde zorgvuldig.
Ze waren al bijna klaar, toen ze plotseling voetstappen in het huis hoorden. Ze kwamen uit de marmeren gang en gingen de trap op. Handige Henkie en De Cock doofden hun lantaarns.

Het geluid van de voetstappen ging hun deur voorbij naar een trap omhoog. Er was niets heimelijks in de stap. Het klonk gewoon, resoluut, als van iemand, die op bekend terrein opereert.
De Cock voelde de adem van Handige Henkie in zijn nek.
'Wie is dat?'
'Dat weet ik niet. Ik wist helemaal niet, dat er iemand kon komen.'
Handige Henkie bromde.
'Je bent een slechte kraker. Zoiets moet je verdomd goed voorbereiden.'
De Cock snoof.
'Als jij vroeger nooit foutjes had gemaakt, had ik je nooit gepakt. Doe de brandkast weer normaal op slot en zorg, dat je thuiskomt.'
'En jij?'
De Cock slikte iets weg, voelde aan het pistool in zijn schouderholster.
'Ik wil weten van wie die voetstappen zijn.'
'Moet ik nog iemand voor je waarschuwen?'
In de stem van de inbreker klonk bezorgdheid.
De Cock schudde in het donker zijn hoofd.
'Je bent een prachtkerel, Henkie. En dat meen ik. Ik kom je nog wel eens uitvoerig bedanken. Nu wil ik je niet langer in de waagschaal stellen. Ik kan jouw aanwezigheid hier moeilijk verklaren. Het is daarom ook beter voor mij, dat je verdwijnt.' Hij grinnikte zachtjes voor zich uit. 'De groeten thuis. Doe wel voorzichtig en zorg, dat ik er beneden weer uit kan.'
Handige Henkie gaf hem een vertrouwelijk tikje op de schouder, sloot de brandkast en sloop de kamer uit.
De Cock luisterde gespannen naar de geluiden in het huis. Pas toen hij de voetstappen van Handige Henkie buiten op de gracht hoorde, trok hij zijn pistool en ging de gang op. Rechts, aan het einde van de gang, was een trap. Voorzichtig hees hij zich aan de leuning omhoog. Een enkele tree kraakte onder zijn gewicht.
Op de tweede etage was niets te bekennen. De Cock liet zijn zaklantaarn door de gang dwalen en ontdekte een trap naar de derde verdieping. Er brandde licht. Het kroop van onder de kier van een deur de gang op.
De Cock stopte de zaklantaarn in een zijzak van zijn colbert. Omzichtig sloop hij naderbij. Hij vatte de houten kruk en draaide die langzaam terug. En toen, met een wilde trap, schopte hij de

deur open en stormde met een woeste kreet naar binnen.
In een kleine kamer, naast een eenpersoonsbed, stond een bleke jongeman in een helblauwe pyjama. Zijn mond hing slap open en zijn ogen waren groot en angstig.
De Cock borg zijn pistool weg en trok de jongeman aan zijn pyjama naar zich toe. De stof scheurde in zijn vuist, toen hij hem voor zijn gezicht tilde.
'Wie ben jij?'
De jongeman balanceerde op zijn tenen, zijn lichaam trilde en zijn adamsappel wipte op en neer.
'Robbie... Robbie van der Waal.'

15

De Cock keek lachend naar Vledder, die lui, met rood omrande ogen, suffig achter zijn bureau zat.
'Hoe was het?'
Vledder gaapte.
'Die rechercheurs in Bloemendaal weten ook van geen ophouden. Die waren gewoon bezeten van de zaak. Ik lag pas tegen vier uur in mijn bed. Het is, dat ik zei, dat ik er echt geen zin meer in had, anders waren ze nog met mij mee gereden naar Amsterdam om aan de Keizersgracht een huiszoeking te doen.'
De Cock streek over zijn haar.
'Dat was niet zo goed uitgekomen. Ze hadden Handige Henkie en mij beslist overlopen.'
Vledder grinnikte.
'En dat was niet zo best geweest.'
De Cock trok een bedenkelijk gezicht.
'Ik had mij dan in vele bochten moeten wringen om onze aanwezigheid te verklaren.'
'Leverde het wat op?'
De Cock plooide zijn lippen in een tuitje.
'Ik ben niet ontevreden. Zeker niet. Maar dat vertel ik je nog wel.'
Hij schoof een stoel bij en ging naast het bureau van Vledder zitten. Ongewoon fris, na een korte nachtrust.

'Aanwijzingen in Bloemendaal?'
De jonge rechercheur gebaarde mistroostig.
'Vrijwel niet. We konden vannacht ook niet veel doen. Ze gaan vandaag met een speurhond naar de peedee*. Misschien brengt dat nog enig licht.'
'Wie vond haar?'
Vledder pakte zijn notities.
'Het is wat vreemd gegaan. Een communicatiestoornis in het begin. Bij de wachtcommandant in Bloemendaal kwam om precies drie minuten over elf via het alarmnummer de anonieme mededeling, dat in de duinen aan de Zeeweg het dode lichaam kon worden gevonden van Estella van Breevoorde.'
'Werd die naam gebruikt?'
Vledder knikte.
'De naam Van Breevoorde had voor de dienstdoende wachtcommandant een vertrouwde klank. Hij wist, dat er in Bloemendaal een mevrouw Van Breevoorde woonde. Een nette oudere dame. Het telefoontje kwam de wachtcommandant dan ook wat vreemd voor. Hij dacht aan een grap. Maar omdat hij het toch niet geheel vertrouwde, belde hij mevrouw Van Breevoorde. Hij kreeg haar onmiddellijk aan de telefoon en maakte toen de opmerking: 'Gut, mevrouw, u zou dood aan de Zeeweg liggen'. De oude dame schrok, maar besefte vrijwel onmiddellijk, dat de mededeling betrekking had op haar dochter. Ze had vanaf negen uur tevergeefs op haar komst gewacht. Ze werd werkelijk ongerust, toen ze naar de Keizersgracht belde en daar geen gehoor kreeg en stond juist op het punt de politie in Bloemendaal te bellen, toen ze dat vreemde telefoontje kreeg.'
'De arme vrouw.'
'Tja,' zuchtte Vledder. 'Ik heb nog even met haar gesproken. Kort na de confrontatie in het ziekenhuis. Het lieve mens was totaal ontdaan. Ze begreep niet door wie en waarom haar dochter zo koelbloedig was vermoord.'
'Hoe heeft men Estella gevonden?'
'Vastgebonden aan een boom.'
De Cock trok zijn wenkbrauwen samen.
'Vastgebonden?' riep hij verrast.

* Politie-uitdrukking voor plaats van het delict.

Vledder knikte traag.
'Voor ik arriveerde hadden ze haar al van de peedee weggehaald en naar het ziekenhuis vervoerd. Maar ik heb wel de foto's gezien. De handen op de rug gebonden om de boom heen. Ook de enkels waren met een koord om de boom gebonden. Blijkbaar om hulpgeroep te smoren, zat er een stuk hechtpleister voor de mond en om de ogen was een doek gespannen.'
'En de doodsoorzaak?'
Vledder raadpleegde zijn notities.
'Twee kogels in de hals, vier in de borst en drie in de buikstreek. Dan waren er nog twee schampschoten. Een aan de linkerschouder en een aan de rechterbovenarm.'
De Cock slikte.
'Dat is nogal wat.'
Vledder wreef zich vermoeid in de ogen.
'Ik heb het lichaam van Estella in het ziekenhuis nog even van nabij bekeken. Ik denk, dat misschien een of twee van de treffers dodelijk zijn geweest. Die in de directe omgeving van de hartstreek. De andere schoten waren minder fataal. Dat was ook de mening van de dokter, die de doodsschouw verrichtte. De sectie is vanmiddag.'
De Cock knikte begrijpend.
'Hulzen?'
'Ze hebben er op de peedee maar zeven gevonden. En dan nog van verschillend kaliber.'
De Cock glimlachte.
'De andere waren revolvers.'
Vledder keek hem aan. De ogen wat toegeknepen.
'Je hebt gelijk. Natuurlijk. Bij een revolver blijven na het schot de hulzen in het wapen. Alleen bij pistolen worden de hulzen uitgeworpen.' Hij schudde triest het hoofd. 'Dat ik daar vannacht niet aan heb gedacht.'
De Cock keek hem misprijzend aan.
'Je was vannacht blijkbaar toch niet zo helder van geest.'
'Hoe bedoel je?'
De Cock spreidde zijn handen.
'Twee kogels in de hals, vier in de borst, drie in de buikstreek en twee schampschoten... hoeveel schoten zijn dat in totaal?'
'Elf.'

De Cock grijnsde.
'Die elf schoten hadden je onmiddellijk moeten doen denken aan het verhaal van Smalle Lowietje.'
Vledder sloot de ogen en sloeg met een vlakke hand tegen zijn voorhoofd.
'De elf wapens, die de lange schrale man wilde kopen.'
De Cock gromde.
'En blijkbaar kocht.'

Een tijdlang zwegen beiden. Achter in de recherchekamer ratelde Fred Prins een proces-verbaal en staarde rechercheur Riggelink dromerig in het niets.
Vledder stond plotseling op en liep naar het toilet. Na een paar minuten kwam hij terug. Zijn lichtblonde haren lagen nat, geplakt op zijn hoofd. 'Ik heb mijn kop maar even onder de kraan gehouden,' legde hij grimmig uit. 'Die dreun van zoëven kwam hard aan.' Hij keek naar De Cock op. 'Moeten we onze collegae in Bloemendaal dat verhaal van Smalle Lowietje nog doorspelen?'
De Cock schudde het hoofd.
'Dat heeft weinig zin. Ze kunnen er voorlopig toch niets mee doen. Bovendien zou je ze dan de hele samenhang moeten vertellen.'
'En wij?'
'Wat bedoel je?'
'Kunnen wij er iets mee doen?'
De Cock glimlachte. Hij strekte zijn arm naar hem uit.
'Wij gaan met zijn tweeën de lange schrale man zoeken.'
Vledder keek hem verward aan.
'We weten niet eens wie hij is.'
De Cock kwam van zijn stoel overeind, pakte een grote dienstenveloppe uit de la van zijn bureau en beende naar de kapstok.
'Daar komen we wel achter,' riep hij opgewekt.
Vledder liep hem na; de wenkbrauwen gefronst.
'Hoe?'
De Cock wuifde achteloos.
'Via een omweggetje.'
Vledder keek hem ongelovig aan.
'Een omweggetje?'
De Cock knikte met een grijns.
'Via Enkhuizen.'

Bij Zaandam draaide Vledder de snelweg naar Hoorn op. Na de lange flauwe bocht drukte hij hard op het gaspedaal. De oude motor kuchte en kreunde onder het geweld.
Zijn gezicht stond strak, bijna verbeten. Sinds het vertrek uit de Warmoesstraat had hij niet meer gesproken. Hij was woest op zichzelf, omdat hij bij het onderzoek in Bloemendaal niet dadelijk het verband had gezien tussen de verwondingen van Estella en het verhaal van Smalle Lowietje.
Hij blikte steels opzij naar De Cock, die lui, ontspannen naast hem zat. De grote gele enveloppe op zijn knieën. Hij vroeg zich af wat er in die enveloppe zat, maar was te trots, te hooghartig, om het te vragen. Als zo vaak had hij het gevoel, dat hij er niet echt bij hoorde, of het hele onderzoek ongrijpbaar aan hem voorbij gleed. Uit woede dreef hij de volkswagen tot onmogelijke inspanningen.
De Cock keek op.
'Doe maar kalm aan,' zei hij nuchter. 'De dag is nog lang. En denk aan mijn pensioen. Ik voel nog niets voor de rol van engeltje.' Hij grinnikte zachtjes voor zich uit. 'Ik heb er ook het postuur niet voor.'
Vledder lachte niet. Hij keek naar De Cock. Op diens gezicht lag een milde uitdrukking van tevreden zekerheid.
Het prikkelde Vledder bijzonder. Hij kende die uitstraling en wist, dat De Cock de oplossing nabij was. Hij boog zich naar hem toe, trok zijn mond iets scheef en snauwde: 'Wat moeten wij in godsnaam in Enkhuizen doen?'
De Cock schoof zijn onderlip naar voren. De felle toon was hem niet ontgaan.
Het stemde hem droevig.
'Een vrouw bezoeken,' sprak hij bedaard. Hij nam de enveloppe van zijn knieën en trok daaruit een patiëntenkaart.
'Ze heet Mildrid van Vlissingen en woont in het Snouck van Loosenpark.'

Ze reden een tijdje door het stadje rond. Langs het fraaie stadhuis en de oude Dromedaris. Vledder parkeerde de wagen bij het station.
De Cock stapte uit en keek rond. Hij bewaarde dierbare herinneringen aan deze plek. Het was hier, dat hij de trein naar Amsterdam nam om zijn loopbaan bij de politie te beginnen. Hoe lang was dat

al weer geleden? Hij was toen jong en vol ambities. En nu? Hij keek naar Vledder, die als een ongedurig veulen voor hem uit dartelde. Hij wierp een blik naar de zee. In de verte, zo wist hij, lag Urk, waar hij eens in de beschutting van het calvinisme zijn jeugd had doorgebracht. De gedachte maakte hem wat melancholiek. Hij draaide zich om en slenterde achter Vledder aan naar het Snouck van Loosenpark.

Ze was lief en een beetje broos. Haar blauwgroene ogen blikten verwonderd op naar de gezichten van de twee mannen voor haar.
'Rechercheurs?'
De Cock maakte een lichte buiging.
'Wij zijn speciaal voor u uit Amsterdam gekomen.'
Ze hield haar hoofd iets schuin en glimlachte fijntjes.
'Is dat een eer?'
De Cock lachte beminnelijk.
'Nauwelijks.'
Ze deed de deur verder open en liet de mannen binnen. Het kamertje zag er vriendelijk, gezellig uit met veel pluche en kant en tierelantijntjes aan de wanden. Ze wees naar stoelen met gevlochten rieten zittingen om een ronde tafel.
'Waarmee kan ik de heren van dienst zijn.'
De Cock aarzelde. Hij wist hoe belangrijk de eerste aanzet tot een gesprek was. Hij legde de grote gele enveloppe op tafel, trok er een kaart uit en hield die omhoog.
'Weet u wat dit is?'
Ze draaide zich half om, pakte haar brilletje van het dressoir en keek. Daarna schudde ze het hoofd.
'Dat weet ik niet.'
De Cock las van de kaart.
'Mildrid van Vlissingen, Snouck van Loosenpark, Enkhuizen.'
Hij keek op. 'Dat bent u toch?'
Ze knikte.
'Dat ben ik.'
De Cock tikte op de kaart.
'U eh... u was, ruim vijf jaar geleden, een patiënte van dokter De Beaumonde, psychiater in Amsterdam. Dit is uw patiëntenkaart.'
Ze streek nadenkend met haar vingers over het pluchen tafelkleed.
'Dat klopt. Ik was bij hem patiënte. Een fijne man. Begrijpend. Ik

had destijds wat moeilijkheden.' Ze zette haar brilletje weer af. 'Een kwestie van een ingeklemde emotionele belevenis. Zo noemde de dokter dat.'
De Cock keek haar aan.
'Met andere woorden: een onaangename ervaring in het verleden, die u zelfs op latere leeftijd geestelijk niet geheel had verwerkt. En waaraan u ook niet graag herinnerd wilde worden.'
Ze reageerde niet direct, drukte met haar vlakke hand wat beverig tegen het dunne grijze haar.
'Het eh... het was voor mij destijds een wat beschamende geschiedenis. Ik eh... ik geniet hier in Enkhuizen een zeker aanzien. Daarom wilde ik niet graag, dat men hier iets van wist.'
De Cock boog zich iets naar haar toe.
'En dat was u wel wat waard?'
Ze zuchtte diep.
'Zonden uit het verleden zijn spoken in het heden. Het heeft mij veel geld gekost om het geheim bewaard te houden.'
'Waarom ging u niet naar de politie?'
Ze schonk hem een trieste glimlach en schudde het hoofd. 'Dan had ik het net zo goed van de daken kunnen schreeuwen.'
De Cock wilde fel protesteren, maar bedacht zich. Hij wilde Mildrid van Vlissingen niet treffen. Het was hem alles waard de gunstige sfeer te behouden. Hij stond van zijn stoel op en ging naast haar staan. Zachtjes legde hij zijn hand op haar hoofd.
'Het is nu allemaal voorbij,' sprak hij zacht, bemoedigend.
Ze keek naar hem op. Er glansden tranen in haar ogen.
'U weet het?'
De Cock knikte traag, hield haar blik nog even vast.
'Waarom schreef u die waarschuwingsbrieven?'

16

Vledder keek haar sprakeloos aan. Het duurde zeker een halve minuut voor er weer geluid uit zijn keel kwam.
'U eh... u stuurde die brieven?' stamelde hij.
Mildrid van Vlissingen knikte traag.

'Een met de post. De andere schoof ik bij haar onder de deur.'
Vledder slikte.
'U ging daarvoor helemaal naar Amsterdam?'
Ze vouwde haar handen en legde die voor zich op tafel.
'Sterven,' sprak ze plechtig, 'is voor mij meer dan het dichtslaan van een boek, dat je niet meer boeit. Ik had er nogal moeite mee. Dat heb ik ook gezegd. Ik gruw van een gewelddadige dood.'
De jonge rechercheur hapte naar adem.
'U eh... u wist dus, dat Estella de Beaumonde zou gaan sterven?'
Er gleed een droeve glimlach om haar lippen.
'Dat waren wij overeengekomen.'
Vledder spreidde zijn handen.
'Wie is wij?'
Mildrid van Vlissingen ontweek Vledders blik. Ze keek schichtig omhoog naar De Cock, als zocht ze steun. Deze kwam onmiddellijk tussenbeide.
'Het is u verboden de namen van de anderen te noemen. Is het niet?'
Ze schudde het hoofd.
'We mogen het niet doen. Dat hebben wij elkaar bezworen. Met de hand op de bijbel.'
De Cock knikte begrijpend.
'U stuurde die beide waarschuwingsbrieven anoniem, omdat u voor de anderen niet wilde weten, dat u er in feite niet mee akkoord ging.'
Ze maakte een hulpeloos gebaar.
'Ik had eenmaal 'ja' gezegd. En ik wilde mijn woord niet breken. Ik hoopte alleen vurig, dat Estella de Beaumonde niet zou komen opdagen... zodat dat verschrikkelijke niet behoefde door te gaan.'
'Het ging door.'
Mildrid van Vlissingen antwoordde niet. Ze liet het hoofd zakken. Haar magere schouders schokten. De Cock keek vanuit de hoogte op haar neer. Door het dunne grijze haar schemerde het roze van de huid. Hij voelde een diep medelijden met deze vrouw en begreep de zielenood, waarin zij verkeerde.
'Jullie wachtten haar op in Bloemendaal?'
Ze zwaaide met beverige handen.
'Ik weet niets van plannen.' Ze huilde bitter. 'Alles was geregeld. Ik behoorde er alleen bij te zijn. Ze zeiden dat het moest. Het was

een vergelding voor al het vreselijke, dat Estella had gedaan. We hadden allen onder haar geleden.' Tranen gleden over haar wangen, drupten op het pluchen tafelkleed. 'Ik zal nooit haar ogen vergeten, die avond, groot, bruin en vol angst. Het was net alsof ze er niets van begreep. Zo keek ze. Ik had het ook nooit kunnen doen, als ze die doek niet voor haar ogen hadden gebonden.'
'U deed het.'
Mildrid van Vlissingen zuchtte diep. Het leek alsof ze zichzelf weer had teruggevonden. Met de rug van haar hand wreef ze de tranen van haar wangen.
'Wij deden het,' sprak ze hoofdknikkend. 'Eén voor één. Estella de Beaumonde mocht niet langer leven, zeiden ze. En ze zeiden het allemaal.'
Er viel een stilte. De Cock keek over het kanten gordijntje voor het raam naar buiten. De bomen prijkten in pril, onvermoeid groen. Er bloeiden krokussen in de hof en een koppeltje mussen vocht kwetterend om een korstje brood. Binnen, op de marmeren schoorsteenmantel, tikte een pendule.
De Cock liet de minuten verglijden. Bewust. Met een aangeboren gevoel voor dramatiek. Toen liep hij terug naar zijn stoel en ging zitten. Voor hem lag de grote gele enveloppe. Langzaam schoof hij hem naar Mildrid van Vlissingen.
'Hierin,' begon hij plechtig, 'zitten dertien patiëntenkaarten... dertien mensen. U bent een van hen en twee zijn er dood. U hebt de keuze uit tien. Een van die tien is een lange schrale man. U weet ongetwijfeld wie ik bedoel. U hoeft mij zijn naam niet te noemen.'
Hij pakte een ballpoint uit zijn borstzak en legde die bij haar neer.
'Mijn collega en ik zullen ons omdraaien. Dan neemt u de kaarten, bekijkt de namen, en zet een kruisje op de kaart van de lange schrale man. Rechtsboven. Dat is mij genoeg. Daarna doet u de kaarten terug in de enveloppe.'
Ze keek hem strak aan. 'En als ik het niet doe?'
De Cock trok achteloos zijn schouders op. Hij keek somber.
'Ik leg mijn lot in uw handen. Een weigering van u zou mijn onderzoek sterk vertragen.'
Mildrid van Vlissingen pakte de enveloppe en nam er de kaarten uit.
'Het is een edel mens. Oprecht en eerlijk. Hij was voor ons allen een grote steun.'

De Cock reageerde niet. Hij gaf Vledder een wenk. De beide mannen stonden op en draaiden zich om.

Ze liepen van het Snouck van Loosenpark terug naar het station. De Cock vatte Vledder vertrouwelijk bij de arm.
'Ik meen, dat ik je wat uitleg verschuldigd ben,' sprak hij vriendelijk. 'Ik begrijp best, dat je vanmorgen even de smoor in had. Heel menselijk. Ik had je eerder opening van zaken kunnen geven, maar ik wilde eerst dat gesprek met Mildrid van Vlissingen afwachten. Er bestond nog altijd de mogelijkheid, dat ik het bij het verkeerde eind had.'
Vledder trok een grimas.
'Je hebt me wel een aantal verrassingen bezorgd.'
Ze reden van het oude stationnetje weg. De Cock wees voor zich uit. 'In het Zuiderzee-museum aan de Wierdijk is een klein maar heel goed restaurant. Ik trakteer op een diner.'
Vledder grijnsde.
'Een zoenmaal.'
'Zo mag je het noemen.'

Na een reeks smalle, schilderachtige straatjes stopten ze voor het oude Peperhuis, een voormalig pakhuis van de Verenigde Oostindische Compagnie. De Cock stapte uit en keek omhoog naar de sierlijke dubbele trapgevel.
Vledder kwam naast hem staan. Hij had weinig oog voor de prachtige architectuur uit de zeventiende eeuw.
'Waarom Mildrid van Vlissingen?'
De Cock antwoordde niet. Hij liep het restaurant binnen en zocht een beschut plaatsje aan een tafel bij het raam. De gele enveloppe legde hij naast zich neer.
Vledder kwam bij hem zitten. Pas toen de ober de glazen cognac had gebracht en De Cock kritisch had geproefd, spreidde hij zijn handen.
'Wij zijn bij het begin van dit onderzoek,' begon hij, 'een beetje om de tuin geleid door de emotionele bindingen, die Jozefien ter Haar met de slachtoffers had. Het leidde zelfs tot haar arrestatie. Ik moet je eerlijk bekennen, dat het ook bij mij even heeft geduurd voor ik overtuigd was, dat haar relaties tot de mannen met de hele zaak niets van doen hadden. Het enige belangrijke aanknopings-

punt was het gemeenschappelijk telefoonnummer in de agenda's van de slachtoffers... het telefoonnummer van de psychiater Charles Paul de Beaumonde. Maar die man was dood... al vijf jaar. Ik weet niet waar hij uiteindelijk terecht is gekomen... in de hemel of in de hel... maar uit beide windstreken heb ik nog nooit een moordenaar zien komen.'
Vledder lachte luid.
'Hoe het ook zij... de slachtoffers hadden door dat telefoonnummer een relatie met dat huis aan de Keizersgracht.'
De Cock stak zijn wijsvinger omhoog.
'Precies. De vraag was... met wie... in leven? De enige, die voor die relatie in aanmerking kwam, was Estella de Beaumonde, de nog jonge weduwe van de psychiater. Zij had het telefoonnummer nog steeds in gebruik.' Hij zweeg even, nam een slok van zijn cognac. 'De tweede belangrijke vraag was... wat verschafte de moordenaar of moordenares zoveel macht over de slachtoffers, dat zij eenvoudig, door middel van een aangekruiste plattegrond van Amsterdam, naar een ontmoetingspunt konden worden gedirigeerd? Het enige zinnige antwoord, dat ik kon bedenken was... chantage. Maar waarmee werden de slachtoffers dan gechanteerd?' Hij stak zijn vinger naar Vledder uit. 'Jij bracht mij voor het eerst op het idee. Jij vertelde, dat de oude psychiater De Beaumonde bij zijn therapie gebruik maakte van hypnose om zogenaamde ingeklemde emotionele belevenissen aan de oppervlakte te brengen. Toen ik van Estella vernam, dat haar overleden man de brandkast in zijn studeer-werkkamer de doos van Pandora noemde, begreep ik waar de psychiater de geheimen van zijn patiënten bewaarde.'
'In de oude brandkast.'
De Cock staarde even voor zich uit.
'Dokter De Beaumonde was in ieder geval een man met gevoel voor humor. De omschrijving 'doos van Pandora' vond ik zeer treffend. Hij borg er alle ellende, kwalen en narigheid van zijn patiënten in op.'
Vledder knikte begrijpend.
'De vertrouwelijke mededelingen, tijdens een consult, al dan niet onder hypnose, door de patiënten aan de psychiater gedaan.'
De Cock nam nog een slok van zijn cognac.
'Ik vroeg mij af welke geheimen de brandkast bevatte... van wie... en hoe de oude dokter ze had gerangschikt.'

Vledder grinnikte.
'Daarom moest die brandkast open.'
De Cock wreef achter zijn oor.
'Het was een bijzondere ervaring om met Handige Henkie op het krakerspad te gaan. Hij streelde de oude kast of het een vriendin was en in een paar minuten zoefde de zware deur open.'
'Wat zat er in?'
'Cassettebanden. Rekken vol cassettebanden.'
Vledder fronste zijn wenkbrauwen.
'Cassettebanden.'
De Cock knikte.
'Opnamen van gesprekken, die de dokter met zijn patiënten had. Ik denk, dat hij die banden later afluisterde om tot een aanvaardbare therapie te komen.'
'Je hebt die banden niet meegenomen?'
De Cock schudde het hoofd.
'Ik heb ze rustig in de brandkast gelaten. Ik heb alleen vastgesteld welke banden er ontbraken.'
Vledder keek hem verwonderd aan.
'Kon dat?'
De Cock knikte.
'Aan de hand van de patiëntenkaarten. Uit alles bleek, dat dokter De Beaumonde een zorgvuldig man is geweest. Daarom ging ik er van uit, dat van elke patiënt in de kaartenbak ook een of meer cassettebanden moesten zijn.'
'En?'
'Dat klopte. Van elke patiënt in de kaartenbak waren er cassettebanden. Met uitzondering van dertien.'
'Dertien?'
'Ja, ik hield uit de patiëntenbak dertien kaarten over, waarvan in de brandkast geen cassettebanden aanwezig waren.'
Vledder wees naar de gele enveloppe.
'Die dertien?'
De Cock zuchtte.
'Waarvan twee doden... Jan-Willem Hoffmann en Alexander Peetersen. Blijven over... elf patiënten.'
Vledder hijgde.
'En een lange schrale man, die bij Smalle Lowietje naar elf wapens vroeg.'

De Cock knikte langzaam.
'En Estella de Beaumonde, op wie in de duinen bij Bloemendaal elf maal werd geschoten.'
De ober bracht de soep. Een tijdlang aten ze zwijgend.
Plotseling keek Vledder op.
'Waarom ging je eerst naar Mildrid van Vlissingen?'
De Cock legde zijn lepel even neer.
'De eerste waarschuwingsbrief, die Estella had ontvangen, droeg het poststempel van Enkhuizen. En van de elf was er maar één, die in Enkhuizen woonde... Mildrid van Vlissingen.'
Vledder schudde lachend het hoofd.
'Zo simpel is recherchewerk.'
Het diner was voortreffelijk klaargemaakt. Toen de rechercheurs voldaan hun stoelen wat achteruit schoven en de ober had afgeruimd, pakte Vledder de grote gele enveloppe.
'Eens zien wie de lange schrale man is.'
Hij pakte de kaarten in de hand. Ineens verbleekte hij.
De Cock keek hem gespannen aan.
'Wat is er?'
'Ze heeft ons belazerd.'
'Wie?'
'Mildrid van Vlissingen... ze heeft op alle kaarten rechtsboven een kruisje gezet.'

17

Nadat De Cock diep in de buidel had getast, verlieten ze het restaurant. De Cock keek nog even omhoog naar de fraaie gevels. Hij hield van Enkhuizen. Als kind al had hij aan de hand van zijn vader door de oude straatjes gewandeld en worst gekocht bij de paardenslager in de Westerstraat. De zaligste worst, die hij ooit had geproefd. Dromerig, nadenkend, stapte hij naast Vledder in de volkswagen en zakte wat onderuit. Vledder startte de motor en keek opzij.
'Zullen we teruggaan?'
'Waarheen?'

'Naar Mildrid van Vlissingen.'
Op het gezicht van De Cock verscheen een milde glimlach.
'Ze heeft ons mooi te pakken gehad.'
Vledder reageerde wat ongeduldig.
'Gaan we terug?'
De Cock schudde zijn hoofd.
'Laat haar maar,' sprak hij sussend. 'We gaan naar Amsterdam.' Hij trok zich wat omhoog. 'Ik denk, dat Mildrid van Vlissingen aanvankelijk wel alleen op de juiste kaart een kruisje heeft gezet, maar zich toen heeft bedacht. Ze kon het met ballpoint geschreven kruisje natuurlijk niet een, twee, drie verwijderen.'
Vledder grijnsde.
'Toen heeft ze maar op alle patiëntenkaarten een kruisje gezet.'
De Cock lachte hartelijk.
'Ik heb er wel bewondering voor. Het vergt toch een grote tegenwoordigheid van geest om tot die oplossing te komen. Zo jong is ze ook niet meer en veel tijd had ze niet.' Hij legde zijn hand op de grote gele enveloppe. 'Toch kunnen we wel van een ding overtuigd zijn... de lange schrale man zit hierin.'
'Een van de elf... nog in leven.'
De Cock nam de kaarten uit de enveloppe.
'Ik heb ze gisteren al eens bekeken. Op alle kaarten heeft dokter De Beaumonde dezelfde aantekeningen en symbolen gezet. Blijkbaar hadden alle dertien patiënten een zelfde ziektebeeld... dezelfde psychische moeilijkheden.'
Vledder grinnikte.
'Een ingeklemde emotionele belevenis.'
De Cock knikte voor zich uit.
'Van Jan-Willem Hoffmann weten we, dat hij in zijn jonge jaren een verkrachting heeft gepleegd met vermoedelijk verstrekkende gevolgen. Mildrid van Vlissingen sprak van een voor haar beschamende ervaring, die ze ten koste van alles geheim wilde houden. Ik denk, dat alle dertien personen in het verleden iets hebben gedaan, dat volgens de normen van onze conventioneel eerbare gemeenschap het daglicht niet kan verdragen.'
Vledder trok een grimas.
'Leven wij in een conventioneel eerbare gemeenschap?'
De Cock knikte overtuigend.

'Wij, politiemensen,' sprak hij docerend, 'komen in ons beroep met zoveel misdaad in aanraking, dat ons wel eens het gevoel bekruipt, dat de wereld alleen uit slechteriken bestaat. Maar gelukkig zijn de meeste mensen eerbare burgers met een conventionele moraal.'
Vledder snoof.
'En daar leven chanteurs van.'
De Cock reageerde niet. Terwijl Vledder een protesterende volkswagen over de rijbaan joeg, nam hij de patiëntenkaarten nog eens stuk voor stuk door.
'Van de overgebleven elf zijn er zes vrouwen,' sprak hij resumerend. 'Blijven dus vijf mannen over. Van de serveerster uit het Chinese restaurant in de Binnen Bantammerstraat en van Smalle Lowietje hebben wij van de lange schrale man een vrij duidelijk signalement. We kunnen, dacht ik, gerust aannemen, dat hij ouder is dan vijftig jaar. Als ik de vijf mannen naga, komen er maar twee in aanmerking... dat is ene Bartholomeus Verbruggen en een man, genaamd Frederik van Dendermonde. De anderen zijn duidelijk jonger.'
Vledder reageerde korzelig.
'Waarom richt je je aandacht alleen op de lange schrale man?' Hij tikte op de patiëntenkaarten op De Cocks knie. 'Ze zijn er toch allemaal bij betrokken?'
De Cock trok een ernstig gezicht.
'Hij is duidelijk de leider, de grote animator.'
'Waarvan?'
De Cock reageerde wat heftig.
'Van die patiëntenvereniging... die raad van dertien... of hoe je die club ook wilt noemen. Hij was de man, die Alexander Peetersen tot aan zijn laatste uur begeleidde. Hij was de man, die naar elf wapens vroeg... en kreeg... en tegelijk... zoals Mildrid van Vlissingen het uitdrukte... een nobel mens, oprecht, eerlijk en voor allen een grote steun.' Hij zwaaide zo wild om zich heen, dat de kaarten van zijn knieën gleden. 'Ik kan er niets aan doen. Die man intrigeert mij.'
Vledder keek hem van opzij aan.
'Weet hij waarom en door wie Jan-Willem Hoffmann, Alexander Peetersen en Rooie Bakker werden vermoord?'
De Cock trok zuchtend zijn schouders op.

'Misschien. In ieder geval heeft hij een motivering voor de moord op Estella de Beaumonde.'

Vledder parkeerde de wagen op de houten steiger over het water van het Damrak. Via de achterdeur stapten ze het politiebureau aan de Warmoesstraat binnen. Toen ze in de recherchekamer kwamen, stapte Fred Prins met een bedenkelijk gezicht op De Cock toe.
'Commissaris Buitendam heeft al ettelijke keren naar je gevraagd. Hij wil je dringend spreken.'
De Cock bromde.
'Ik los geen zaken op door bij hem op schoot te zitten.'
Hij wierp de grote gele enveloppe in een la van zijn bureau en dreunde de lange gang op. Zonder te kloppen stapte hij bij de commissaris binnen.
Buitendam kwam onmiddellijk overeind.
'Ik moet je dringend spreken.'
De Cock knikte.
'Dat heb ik horen verluiden,' sprak hij kalm.
'Jij hebt gisteravond laat rechercheur Vledder nog naar Bloemendaal gestuurd.'
'Inderdaad.'
'Waarom?'
'Omdat daar in de duinen een vrouw was vermoord, in wie ik interesse had.'
'Welke interesse?'
'Ze speelt vermoedelijk een rol in de moorden, waarmee ik bezig ben.'
'Daar is ze bij betrokken?'
'Mogelijk.'
Commissaris Buitendam zwaaide ongeduldig.
'Ik ben door mijn collega in Bloemendaal gebeld. Zijn rechercheurs hebben het gevoel, dat jij van de achtergronden van de moord op die vrouw veel meer weet, dan Vledder hun heeft verteld.'
De Cock tuitte zijn lippen. 'Dat gevoel moeten ze maar houden.'
Op het bleke gezicht van de commissaris kwamen blosjes.
'Ik heb door jouw halsstarrige houding de vorige keer al moeilijkheden gehad met collega Dietinga van de Lodewijk van Deysselstraat. Ik wil nu niet ook nog moeilijkheden met Bloemendaal.'

De Cock trok aan het puntje van zijn neus.
'Als ze even geduld hebben, krijgen ze de daders van die moord van mij op een presenteerblaadje.'
Het gezicht van de commissaris was een donderwolk.
'Waarom zouden ze geduld moeten hebben?'
De Cock klemde zijn lippen op elkaar.
'Omdat ik niet wil,' sprak hij fel, 'dat een of andere onbezonnen ego-tripper van een jonge politiechef mij bij mijn onderzoek voor de voeten loopt.'
Commissaris Buitendam wees trillend met zijn hand naar de deur.
'Eruit,' schreeuwde hij.
De Cock ging.

Vledder lachte uitbundig.
'Wanneer leren jullie elkaar eens verdragen?'
De Cock schudde verontwaardigd het hoofd.
'Die man kan niet eens behoorlijk een gesprek afronden. Als hij maar even denkt, dat de autoriteit van politiechefs wordt aangetast, schreeuwt hij je de kamer uit.' Hij grinnikte vreugdeloos. 'Ook een manier om een strijd te beëindigen... je stuurt je tegenstander van het veld.'
Vledder ging achter zijn bureau zitten.
'Doen we nog wat vanavond?'
De Cock knikte vastberaden.
'We moeten voortmaken. Er is weinig tijd. Als die luitjes uit Bloemendaal er lucht van krijgen, dat de voormalige patiënten van dokter De Beaumonde bij de moord zijn betrokken, dan strijken ze straks op ons neer en kunnen we geen voet meer verzetten. Om moeilijkheden te voorkomen, moeten die dertien patiëntenkaarten zo gauw mogelijk terug naar de Keizersgracht.'
'Hoe?'
De Cock gaf lachend een knipoog.
'Ik heb nog altijd dat apparaatje van Handige Henkie. Ik ben wel niet zo'n groot vakman als hij is, maar voor een simpel deurslot draai ik mijn hand niet om.' Hij trok een la van zijn bureau open en pakte de grote gele enveloppe. Op dat moment werd er geklopt.
Vledder riep: 'Binnen.'
Vrijwel onmiddellijk werd de deur geopend door een lange schrale man. De Cock schatte hem achter in de vijftig. Hij had kortgeknipt

grijs golvend haar en was onberispelijk gekleed in een donkerblauw kostuum met een parelgrijze das. Met uitgestoken hand liep hij onbevangen op de grijze speurder toe.
'Frederik van Dendermonde,' baste hij. 'En als ik goed ben geïnformeerd, dan bent u rechercheur De Cock.'
De Cock staarde hem verwonderd aan.
'Inderdaad.'
De man glimlachte breed.
'Ik kom mij melden.'
'Waarvoor?'
'Voor mijn aandeel in de moord op Estella de Beaumonde.'

Het duurde even voor De Cock zijn ademhaling weer op peil had. Het plotselinge verschijnen van de man, die hem van het begin af aan zo had geïntrigeerd, had hem de adem ontnomen. Hij wees uitnodigend naar de stoel naast zijn bureau.
'Neemt u plaats. Ik moet u eerlijk zeggen... uw komst verbaast mij. Ik was ervan overtuigd, dat ik u zou moeten zoeken.'
Frederik van Dendermonde gebaarde achteloos.
'Men moet weten wanneer men de strijd heeft verloren. Toen Mildrid van Vlissingen mij vanmiddag belde en gewag maakte van uw bezoek aan haar, begreep ik, dat uw komst slechts een kwestie van tijd was.'
'Er zijn nog negen anderen.'
Frederik van Dendermonde wuifde met een slanke hand.
'Ik ken mijn persoonlijke verantwoordelijkheid. Als leider van onze groep wil ik die ook dragen. Het aandeel van de anderen is minder... niet in uitvoering... maar in aanzet.'
De Cock keek hem schuins aan.
'Het was uw besluit, dat Estella de Beaumonde moest sterven?'
Frederik van Dendermonde schudde het hoofd.
'Het voorstel was van mij. De uiteindelijke beslissing is genomen door ons allen... unaniem.'
De Cock wreef zich achter in de nek.
'Als ik het goed begrijp, dan was het een soort akkoord. Een dodelijk akkoord om Estella de Beaumonde van het leven te beroven.'
'Inderdaad.'
De Cock snoof verachtelijk.

'Op basis waarvan?'
Frederik van Dendermonde glimlachte even.
'Op basis van haar misdadig gedrag jegens ons. Ze had de dood verdiend.'
De Cock stoof op. Zijn gezicht zag rood.
'En dat besluiten jullie... zomaar... gezellig... in een onderonsje?' Zijn stem droop van sarcasme. 'Waar halen jullie in godsnaam de moed vandaan?'
Frederik van Dendermonde trok zijn mond strak.
'Die moed hadden wij... de moed der gerechtigheid... in godsnaam. Er was geen andere uitweg. Estella de Beaumonde chanteerde ons.'
'En?'
'Ze was bezig ons stelselmatig uit te moorden.'
De Cock keek hem verbijsterd aan.
'Hoe komt u daar bij?'
De lange schrale man stak duim en wijsvinger omhoog.
'Jan-Willem Hoffmann... Alexander Peetersen.'
De Cock slikte.
'Pleegde zij die moorden?'
Frederik van Dendermonde knikte met een ernstig gezicht.
'Ik heb het haar zelf zien doen.'

18

Frederik van Dendermonde verschoof op zijn stoel.
'Het is misschien beter,' begon hij kalm, weloverwogen, 'dat ik eerst de achtergronden wat belicht.' Hij sloot even de ogen om zich beter te concentreren. 'Een jaar of zeven geleden kwam ik als patiënt in contact met dokter De Beaumonde. Ik had enige psychische moeilijkheden, die voor mij als directeur van een groot bedrijf bepaald hinderlijk waren. Ik kon soms mijn werk niet meer naar behoren verrichten. Ik hoorde van vrienden in het bedrijf, dat een zekere dokter De Beaumonde aan de Keizersgracht in Amsterdam opmerkelijke resultaten boekte met behandelingen onder hypnose. Ik vond inderdaad veel heil bij zijn therapie en kreeg interesse in

zijn methodieken. Op een dag besprak hij met mij de mogelijkheid van een groepstherapie. Hij had het plan opgevat om patiënten, van wie hij wist, dat hun moeilijkheden een zelfde oorsprong hadden, te zamen te brengen in een groep, zodat men over en weer ervaringen kon uitwisselen.'

'De groep van dertien.'

Frederik van Dendermonde knikte bedachtzaam.

'Het begon wat aarzelend, onwennig, maar op den duur werden wij door die groepstherapie vrienden van elkaar. De band bleek zo hecht, dat wij besloten ook na de dood van dokter De Beaumonde onze samenkomsten voort te zetten. We vonden er veel baat bij.'

'Gebeurde het vaak?'

'We kwamen eenmaal in de twee maanden bij elkaar. Meestal op neutraal terrein, dus niet bij een van ons thuis, maar ergens buiten in een restaurant of in een zaaltje, dat ik voor dat doel huurde.'

'U was van het begin af de leider van de groep?'

Frederik van Dendermonde trok zijn rechterschouder wat omhoog en schonk De Cock een flauwe glimlach.

'Daar is nooit officieel over gestemd. Het ging feitelijk vanzelf. Een ieder meende, dat ik de aangewezen man was om alles te regelen.'

'Wanneer begon de chantage?'

'Het zal ongeveer een jaar na de dood van dokter De Beaumonde zijn geweest, dat een van ons een plattegrond van Amsterdam toegezonden kreeg met het dringend verzoek om op de aangekruiste plek te verschijnen in verband met een belangrijke mededeling.'

'Wie was dat?'

'Jan-Willem Hoffmann. Hij was vrijwel zeker de eerste, die op zo'n manier werd benaderd. Het opmerkelijke vind ik achteraf, dat hoewel er bij ons in de groep een vertrouwelijke sfeer heerste, Jan-Willem er in het begin niet over heeft gesproken. Hij is gewoon op de chantage ingegaan. En zo was het ook met mij. Pas vorig jaar kwam het op een van onze bijeenkomsten plotseling ter sprake. Ik meen, dat het Mildrid van Vlissingen was, die ermee voor de dag kwam. En toen bleek, dat alle leden van de groep al geruime tijd op precies dezelfde wijze werden gechanteerd aan de hand van de vertrouwelijke mededelingen, die wij tijdens de behandeling aan dokter De Beaumonde hadden gedaan.'

'Wie chanteerde?'

Frederik van Dendermonde gebaarde heftig.
'Estella de Beaumonde. Zij heeft daar, naar mijn weten, nooit een geheim van gemaakt. Ze ondertekende haar brieven met Estella en verscheen persoonlijk om het bloedgeld van ons in ontvangst te nemen. Dat gebeurde altijd in de avond op een of andere stille plek, die ze blijkbaar van tevoren met beleid had uitgezocht.'
De Cock knikte begrijpend.
'Wat besloten jullie te doen?'
Frederik van Dendermonde wreef over zijn kin.
'Jan-Willem Hoffmann wilde naar de politie gaan. Toen hij op een avond lichtelijk aangeschoten moed had opgevat, is hij ook inderdaad op het politiebureau aan de Warmoesstraat geweest. Er was geen recherche aanwezig. Zijn aangifte werd niet opgenomen. Hij diende zich de volgende morgen te melden.'
'En?'
'Ik heb het hem afgeraden. Ik zei hem, dat ook bij de politie niet alles waterdicht was. Ik had publikaties gelezen over corruptieschandalen. Daarom stelde ik Jan-Willem voor gewoon niet meer te betalen. Bij een volgende confrontatie met Estella moest hij onomwonden zeggen, dat de chantage, wat hem betrof, was afgelopen en dat hij ook de andere leden van de groep had geadviseerd om geen cent meer te geven.'
De Cock trok een somber gezicht.
'Het werd zijn dood.'
Frederik van Dendermonde zuchtte.
'We lazen het in de krant en belegden een spoedzitting. Geen van ons wilde het geloven. We dachten, dat Jan-Willem Hoffmann gewoon het slachtoffer was geworden van een willekeurige moordenaar. We konden eenvoudig niet geloven, dat Estella de Beaumonde tot zoiets gruwelijks in staat was. Om wat zekerheid te verkrijgen, besloten we, dat Alexander Peetersen bij zijn volgende ontmoeting met Estella op dezelfde wijze zou reageren.'
'Ook hij zou zeggen, dat hij voortaan niet meer zou betalen en dat ook de andere leden van de groep dat niet meer zouden doen?'
'Precies. Dat was het plan. Alexander Peetersen wilde, dat ik met hem meeging naar het ontmoetingspunt, maar ik was bang, dat Estella dan niet zou komen opdagen. We kwamen overeen, dat Alexander eerst alleen naar het ontmoetingspunt zou gaan en dat ik hem na enkele minuten zou volgen.'

'Vanuit 'Lotus', het Chinese restuarant.'
'Dat was dichtbij.'
'Wat gebeurde?'
Frederik van Dendermonde aarzelde. Het leek alsof het hem moeite kostte verder te gaan. Hij slikte.
'Toen Alex ongeveer tien minuten weg was, verliet ik het restaurant en liep van de Binnen Bantammerstraat naar de Geldersekade en vandaar via de Nieuwe Ridderstraat naar de Lastageweg.' Hij zweeg even. Hij zag bleek. 'Ik zag ze voor mij staan. Op een open plek. Ik was nog geen tien meter van hen vandaan. Ik zag alles duidelijk in het licht van een hoge lantaarnpaal. Plotseling nam Estella een revolver uit haar tasje en schoot op Alex. Het waren drie doffe knallen. Alex zakte ineen. Het gebeurde zo snel, zo onverwachts, dat ik niet kon reageren. Ik was verlamd. Mijn benen weigerden. Als aan de grond genageld bleef ik staan en zag Estella vluchten.' Hij streek met zijn hand langs zijn ogen. 'Ik ben nog nooit in mijn leven zo geschokt geweest.'
De Cock keek hem onderzoekend aan.
'Toen u weer wat tot uzelf kwam, bedacht u, dat Estella moest sterven?'
De lange schrale man knikte traag.
'Ik besloot het voor te stellen aan de groep.'
'Waarom ging u niet naar de politie. U was ooggetuige. Met uw verklaring zou de zaak snel zijn geklaard.'
Frederik van Dendermonde spreidde zijn handen.
'Ik ben jurist,' sprak hij somber. 'Ik oefen het beroep niet uit, maar ik heb wel de titel van meester in de rechten. Misschien zou ik daarom in het recht moeten geloven.' Hij schudde triest het hoofd. 'Ik mis daarvoor het geloof en het vertrouwen.'
De Cock blikte naar hem op.
'Ik ben politieman... al meer dan dertig jaar. Ik heb het geloof en het vertrouwen... nog steeds.'
Frederik van Dendermonde zuchtte omstandig.
'Dan bent u een benijdenswaardig mens.' Het klonk wat schamper. 'Maar wat kunt u doen? U kunt slechts de waarheid aan het licht brengen. Meer niet. Wat anderen met die waarheid doen, onttrekt zich aan uw gezag. De officier van justitie heeft het recht om te seponeren... om zaken niet te vervolgen. Anders gezegd: in de prullenbak te laten verdwijnen. En van dat recht maakt hij driftig

gebruik.' Hij stak een arm omhoog. 'Leden van de rechterlijke macht... ze komen nauwelijks meer tot een rechtvaardig vonnis.' Hij glimlachte smalend. 'En van de executie... de tenuitvoerlegging van de straffen, die nog worden gegeven, komt vrijwel niets terecht. Onze huidige gevangenissen en inrichtingen lijken meer op bioscopen met een doorlopende voorstelling... de gevangenen lopen naar believen in en uit.'
De Cock lachte niet. Het betoog van de lange schrale man deed hem pijn. Een moment overdacht hij om met hem in debat te gaan. Het leek hem zinloos. Hij boog zich naar hem toe.
'Daarom besloot u met de anderen het recht in eigen hand te nemen?'
Frederik van Dendermonde keek naar hem op.
'Zo besloten wij,' sprak hij simpel.
'U verwierf voor u en de anderen elf wapens en wachtte Estella de Beaumonde in Bloemendaal op.'
'Inderdaad.'
'U bracht Estella naar de duinen, bond haar vast aan een boom en ieder van u loste een schot op haar.'
Frederik van Dendermonde liet zijn hoofd zakken.
'Een ieder van ons wilde aan de executie zijn of haar deel hebben.'
'En de wapens?'
'Die heb ik na de executie weer verzameld en in de Noordzee laten gooien.'
De Cock stond op. Het verhoor van Frederik van Dendermonde had veel van zijn geestkracht gevergd. Hij liep wat heen en weer om een dof gevoel uit zijn hersenen te verdrijven. Bij het mededelingenbord, voor een haastig opgeprikt opsporingsbericht met de foto van een ontsnapte gevangene, bleef hij staan. Pas na een poosje draaide hij zich om. Zijn gezicht stond strak en vertoonde vrijwel geen expressie.
'Heer Van Dendermonde... u kunt gaan. U moet zich wel elk moment voor mij ter beschikking houden. Ik heb namelijk nog een verrassing voor u in petto.'
'Een aangename?'
De Cock schudde traag het hoofd.
'Ik vrees van niet.'

19

Toen Frederik van Dendermonde was vertrokken, zakte De Cock terug op zijn stoel. Hij leunde wat achterover en tilde met een van pijn vertrokken gezicht zijn benen op het bureau. Hij zag er moe uit, afgetobd. De strijd tegen de misdaad werd met het klimmen van zijn jaren steeds gecompliceerder. Er was veel onbegrip en wantrouwen jegens het gezag... het gezag, dat hij vertegenwoordigde en in stand hield.
Vledder kwam bij hem zitten.
'En hiermee is alles opgelost,' lachte hij bevrijd. 'Estella de Beaumonde pleegde chantage op dertien voormalige patiënten van haar man. Toen de patiënten opstandig werden en niet meer wensten te betalen, schoot ze, duidelijk om de anderen angst in te boezemen, de rebellen neer.'
De Cock knikte.
'Het werkte averechts. De patiënten sloten zich nauwer aaneen, veroordeelden Estella ter dood en voltrokken het vonnis gezamenlijk in de duinen bij Bloemendaal.'
Vledder gebaarde weids.
'Rest ons nog de namen van Frederik van Dendermonde, Mildrid van Vlissingen en de negen anderen aan de politie in Bloemendaal te melden en de zaak is rond.'
De Cock grijnsde.
'Fini... afgelopen... het doek is gevallen.'
Het klonk cynisch, spottend.
Vledder reageerde verbaasd.
'Wat wil je dan nog?'

De Cock haalde zijn benen van het bureau en stond op. Hij legde vertrouwelijk zijn hand op de schouder van zijn collega.
'Jij bent altijd een enorme steun voor mij geweest, Dick,' sprak hij gedragen. 'Ook in deze zaak. Ik ben je daar uiterst dankbaar voor.'
Vledder maakte een grimas.
'Doe niet zo dramatisch.'
De Cock schudde het hoofd.
'Ik meen het serieus, Dick. Ik hoop ook nu weer op je te kunnen rekenen.'

De toon van De Cock prikkelde Vledder.
'Natuurlijk kun je op mij rekenen,' reageerde hij fel. 'Dat is toch helemaal geen punt.'
De Cock wreef nadenkend over zijn kin.
'Ik verdwijn een dag. Hooguit twee dagen. En in die tussentijd ben ik voor niemand te bereiken. Als er iemand naar mij vraagt, bijvoorbeeld de commissaris of die luitjes uit Bloemendaal, dan verzin je maar wat.' Hij pakte de grote gele enveloppe van zijn bureau en hield die omhoog. 'De dertien namen zijn alleen mij bekend. Begrijp je? Jij kent ze niet. Ik wil niet, dat ze nu al aan Bloemendaal bekend gemaakt worden.' Hij liep met de enveloppe onder zijn arm naar de kapstok. De vermoeide trek was van zijn gezicht verdwenen. Om zijn lippen speelde een milde glimlach. 'En maak je verder geen zorgen. Ik neem wel contact met je op.'
Vledder liep hem niet begrijpend na.
'Wat ga je doen?'
Bij de deur draaide De Cock zich om.
'Een moord uitlokken.'

Precies achtenveertig uur later was rechercheur De Cock in de Warmoesstraat, in de recherchekamer terug. Hij leek nerveus, gespannen. Haastig liep hij op Vledder toe.
'Zijn er nog moeilijkheden geweest?'
De jonge rechercheur schudde het hoofd.
'Nauwelijks.'
'Heb je gedaan wat ik je heb gezegd?'
'Ja... ik heb alles... ook de vier wagens, die je had gevraagd. Geloof me, dat gaf me nog de grootste moeite.'
'Staan ze al opgesteld?'
Vledder wees naar een kaart op zijn bureau.
'Hier op de parkeerplaats aan de Oosterdokskade bij het oude opleidingsschip 'Pollux'. Precies, zoals jij het wilde. In een carré, tussen de andere wagens in en met de koplampen op het midden gericht.'
De Cock knikte dankbaar.
'Weet rechercheur Riggelink al waarom het gaat?'
Vledder schudde het hoofd.
'Ik heb hem wel een kogelvrij vest uitgereikt.'
'En de anderen?'

'Fred Prins en Emiel de Boer weten wat hun te doen staat. Ze hebben ieder een auto. Ik heb ook hun maar een kogelvrij vest bezorgd.'
De Cock liep naar Riggelink, die moeite had zijn colbert over het kogelvrije vest heen dicht te knopen. De Cock lachte hem bemoedigend toe.
'Het is maar voor alle zekerheid. Ik wil niet, dat je enig risico loopt.'
Bert Riggelink plukte aan zijn treurige snor.
'Wat gaat er feitelijk gebeuren?'
De Cock trok een ernstig gezicht.
'Vanavond om precies tien uur komt midden op de parkeerplaats aan de Oosterdokskade bij de Prins Hendrikkade een vrouw naar je toe. Met die vrouw heb jij een afspraak.'
Bert Riggelink grijnsde.
'Daar weet ik niets van.'
De Cock glimlachte.
'Dat klopt. Maar maak je niet ongerust. Ook de vrouw kent niet de man, met wie zij een afspraak maakte.' Hij zwaaide wat geprikkeld. 'Hoe dat nu precies zit, leg ik je later wel eens uit. Ik zeg je alleen: ze komt niet met amoureuze bedoelingen. Integendeel: die vrouw is levensgevaarlijk en heeft het vaste voornemen jou te doden.'
Bert Riggelink voelde aan zijn hals.
'Hoe?'
De Cock zuchtte.
'Ze heeft in haar handtasje een pistool. Maak je geen illusies. Ze kan er verdomd goed mee overweg. Wat je moet doen, is het volgende: je gaat een paar minuten voor tienen midden op de parkeerplaats staan. Je krijgt van mij, opgevouwen, een plattegrond van Amsterdam. Je houdt die in je linkerhand. Als je de vrouw in het oog krijgt, zwaai je ermee en loopt op haar toe. Niet geforceerd, maar kalm, nonchalant. Pas als je dicht genoeg bij haar bent, ruk je met je rechterhand het tasje uit haar handen. Doe dat goed. Zorgvuldig. Geef haar in godsnaam niet de kans om haar pistool te trekken.'
Riggelink grinnikte wat nerveus.
'Ik begrijp nu waarom ik dat vest aan heb.'
De Cock stak zijn wijsvinger omhoog.

'Dat tasje smijt je maar weg. Daarna probeer je de vrouw te overmeesteren. Vanaf het moment, dat jij naar haar tasje grijpt, krijg je van alle kanten hulp.' Hij keek op zijn horloge. Het was bijna negen uur. Hij draaide zich om naar Vledder. 'Het lijkt mij beter en veiliger, dat jullie je post innemen.' Hij vergeleek zijn horloge nog eens met de klok in de recherchekamer. 'Ik kom wat later met Frederik van Dendermonde.'
Vledder keek hem verwonderd aan.
'Komt hij ook?'
De Cock grijnsde een tikkeltje vals.
'Mede om hem heb ik deze vertoning op touw gezet.'

Het was kwart voor tien.
De Cock zat op de bestuurdersplaats van een oude, van het hoofdbureau geleende Opel Rekord. Naast hem zat Frederik van Dendermonde. De parkeerplaats zag er stil en verlaten uit. Tegen de avondhemel stak het silhouet van 'Pollux', de oude driemaster, vaag af.
De Cock keek speurend rond. Rechts voor hem, aan de andere zijde van de parkeerplaats, wist hij een wagen met Vledder en Bert Riggelink. Links van hem stond Emiel de Boer en rechts Fred Prins, op wie hij ook altijd kon vertrouwen. Frederik van Dendermonde naast hem bewoog.
'Wat zijn we hier aan het doen?'
Zijn stem klonk wat onzeker.
De Cock grijnsde.
'Gerechtigheid bedrijven.'
Frederik van Dendermonde snoof hoorbaar.
'Dat is een onsmakelijk grapje.'
De Cock reageerde niet. Hij tuurde door de voorruit. Aan de andere zijde kwam Riggelink uit de auto en liep naar het midden van het parkeerterrein.
De Cock keek op zijn horloge. Het was zeven minuten voor tien. Hij voelde hoe zijn hart sneller begon te kloppen. De aderen trilden in zijn hals. Het moest lukken. Als hij alles juist had getaxeerd, moest ze nu verschijnen. Het zo belangrijke moordwapen in haar tasje.
De minuten vergleden als eeuwigheden.
Plotseling, toch nog onverwachts, kwam er een vrouw van links

aanwandelen. Een kleine gestalte op hoge hakken. Ze liep wat aarzelend naar het midden. Bert Riggelink trad op haar toe, zwaaiend met de plattegrond.
Hij hoorde hoe naast hem Frederik van Dendermonde hijgde, zwaar, geschokt. Hij boog zich ver voorover, de vingers gespreid tegen de voorruit gedrukt.
'Dat is Estella... dat kan niet... dat is Estella... dat kan niet... dat mag niet... het is Estella...'
Zijn stem trilde van angst en verbijstering.
Met een wilde beweging trachtte hij uit de wagen te komen. De Cock greep hem vast, onwrikbaar, in een ijzeren greep. Midden op het parkeerterrein graaide Bert Riggelink naar het tasje. Zijn aanval lukte half. Het tasje viel op de grond, rolde een paar meter weg. Tegelijk sprongen van vier zijden de koplampen aan. In het felle licht ontstond een wilde worsteling.
Van rechts draafde Fred Prins naderbij. Zijn zware voetstappen dreunden in de stilte.
Krabbelend, op handen en voeten, reikte de vrouw naar het gevallen tasje. Fred Prins schopte het buiten haar bereik en liet zijn zware lijf boven op haar vallen.
De Cock liet Van Dendermonde los. Ze verlieten de wagen en liepen toe. Riggelink en De Boer trokken de vrouw onder Fred Prins vandaan en hielden haar op de been.
De Cock keek haar even in het gezicht. En toen, in een enkele greep, rukte hij haar de zwarte pruik van het hoofd. Vledder naast hem slikte.
'Felix,' stamelde hij, 'Felix de Beaumonde.'
De Cock blikte opzij naar de lange schrale man. Zijn gezicht zag asgrauw. Even wankelde hij. Toen sloeg hij bewusteloos tegen de vlakte.

20

De Cock had zijn jonge collega's, die, zoals hij dat noemde, aan het slotakkoord hadden meegewerkt, uitgenodigd voor een hapje en een drankje bij hem thuis. Dick Vledder en Fred Prins waren al

vaker te gast geweest en ook Emiel de Boer kende de huiselijke gezelligheid, die mevrouw De Cock wist te scheppen.
Toen Bert Riggelink aan haar werd voorgesteld, keek ze hem monsterend aan en zei tegen haar man: 'Zijn die jongens bij jullie allemaal zo knap?'
De Cock lachte en Bert Riggelink nam blozend plaats.
De Cock maakte een ontspannen, bijna vrolijke indruk. Nu de zaak was gelopen, zoals hij had gehoopt, waren alle emoties bij hem weggeëbd. Hij had voor deze bijzondere gelegenheid een werkelijk verrukkelijke cognac uit zijn voorraadje opgediept en vulde met welbehagen de diepbolle glazen.
Mevrouw De Cock had, zoals gebruikelijk, haar vele culinaire gaven aangewend en serveerde louter lekkernijen. Het was natuurlijk de onstuimige Vledder, die zijn ongeduld niet langer kon bedwingen en De Cock met vragen bestookte. Hij kende de meester ook het langst en was vastbesloten veel van hem te leren en later zijn plek in het recherche-team van het politiebureau aan de Warmoesstraat over te nemen. Hij boog zich uit zijn fauteuil naar voren. Het diepbolle glas nog onaangesproken in de hand.
'Hoe eh... hoe kwam je op het idee, dat niet Estella de moorden had gepleegd? Na de verklaring van Frederik van Dendermonde leek de hele affaire toch opgehelderd?'
De Cock glimlachte.
'Het was mij allemaal niet zo klaar. Er waren nog te veel onduidelijkheden.'
'Zoals?'
De Cock strekte zijn hand naar hem uit.
'Rooie Bakker. Hij paste niet in het beeld. Hij was geen voormalig patiënt van dokter De Beaumonde en in het verhaal van de lange schrale man kwam hij in het geheel niet voor. Toch stierf Rooie Bakker door de moordenaarshand, die ook Jan-Willem Hoffmann en Alexander Peetersen velde. Let wel, een moordenaar, die heel vaardig een pistool hanteerde. Toen ik dat facet eens nader bekeek, kwam ik tot de ontdekking, dat Estella de Beaumonde vermoedelijk in haar hele leven nog nooit een wapen had vastgehouden.'
Vledder reageerde heftig.
'Frederik van Dendermonde zag haar toch?' riep hij fel. 'Hij was ooggetuige. Hij zag op nog geen tien meter afstand hoe Estella Alexander Peetersen neerschoot.'

De Cock knikte instemmend.
'Ik heb aan de betrouwbaarheid van die verklaring van Frederik van Dendermonde nooit een moment getwijfeld,' antwoordde hij kalm. 'Ook Van Dendermonde zelf was er van overtuigd, dat Estella verantwoordelijk was voor de moorden. Het was uit die overtuiging, dat hij de andere voormalige patiënten van dokter De Beaumonde bewoog om Estella ter dood te brengen.'
Fred Prins zuchtte diep.
'Het was een afschuwelijke misgreep.'
Het gezicht van De Cock betrok.
'Ik vraag mij af of ik het zo wel had mogen doen.'
'Wat bedoel je?'
'Die ontmaskering van Felix de Beaumonde... in het bijzijn van de lange schrale man. Het is voor Frederik van Dendermonde psychisch een enorme dreun geweest. Hij is er ook niet zo best aan toe. Voorlopig is hij opgenomen in het St. Lucas Ziekenhuis. Ik heb hem daar bezocht. Hij draaide zijn hoofd weg. Aanvankelijk weigerde hij naar mij te kijken. Later draaide hij wat bij. Hij maakte zich ook zorgen om het welzijn van de tien anderen. Toen ik wegging hield hij mijn hand vast en zei: als er nu nog een doodstraf bestond, dan had ik die verdiend.'
Een tijdje zwegen allen. De executie in de duinen kwam hun voor ogen. Het was weer Vledder, die als eerste losbarstte. Hij schudde wat kriegel het hoofd.
'Maar nu weet ik nog niet precies hoe jij tot de overtuiging kwam, dat Estella onschuldig was.'
De Cock nam een slok van zijn cognac.
'Wel,' verzuchtte hij, 'zoals ik al zei, omdat de verwondingen van de slachtoffers erop wezen, dat de dader een uitstekend schutter moest zijn en... de buiten het stramien vallende moord op Rooie Bakker. Toen ik op de dag, dat hij uit de Oude Waal werd opgevist, een gesprek had met zijn vriendin Zwarte Jopie, vertelde die mij... een verhaal, dat wij al van Smalle Lowietje kenden... dat Rooie Bakker erop rekende spoedig een grote klapper te maken. Hij had foto's gemaakt van een man, die wel eens in vrouwenkleren rondliep.'
'Een travestiet.'
De Cock pauzeerde even voor het effect en stak toen zijn wijsvinger omhoog.

'Als,' begon hij docerend, 'de moordenaar van Jan-Willem Hoffmann en van Alexander Peetersen Rooie Bakker vermoordt, omdat die foto's had gemaakt van een travestiet, dan moest in die hele affaire travestie een belangrijke rol spelen.'
Vledder keek de wijze meester bewonderend aan.
'Schitterend... eenvoudig schitterend.' Hij lachte bevrijd.
'Deze gedachte doortrekkend, lag de conclusie voor de hand. Als Frederik van Dendermonde een vrouw Alexander Peetersen had zien doden, dat was dat geen vrouw... maar een man als vrouw verkleed.'
De Cock pakte zijn glas en nam een slok.
'Die gedachte aan travestie bleef mij beheersen. Ik begreep plotseling ook waarom Estella steeds in de avond en op eenzame plekken haar ontmoetingen arrangeerde. Het was een voorzorgsmaatregel. De travestiet liep dan minder kans ontdekt te worden.'
De Cock zette zijn glas neer en keek rond.
'Felix de Beaumonde heeft vanmiddag aan mij een volledige bekentenis afgelegd. Hij vertelde mij, dat het plan tot chantage bij hem opkwam, toen hij de sleutel van de oude brandkast vond en min of meer uit verveling de banden van zijn vader afluisterde. Van het begin af aan heeft hij het bij zijn slachtoffers doen voorkomen, dat de chantage door zijn stiefmoeder Estella werd bedreven. Hij schreef uit haar naam de chantage-brieven en presenteerde zich bij het innen van het bloedgeld in vrouwenkleding. Hij kon dat gemakkelijk doen. De oud-patiënten van dokter De Beaumonde kenden Estella niet. Zolang hij de travestie kon volhouden, liep hij geen gevaar. Een ieder leefde toch in de veronderstelling, dat Estella chantage pleegde en niet hij.
'Felix de Beaumonde vertelde mij, dat hij bewust Estella in die positie had gedreven. Hij koesterde een oude wrok jegens zijn stiefmoeder. Estella had de homofiele neigingen van haar stiefzoon ontdekt en daarover met haar man gesproken. Sindsdien waren de verhoudingen tussen vader en zoon verkoeld. Dat heeft Felix haar nooit vergeven. Het trieste in deze hele zaak is wel, dat Estella om het leven werd gebracht voor iets, waaraan ze part noch deel had. Ik denk, dat ze het waarom van haar executie niet heeft beseft.'
Er viel een lange stilte en De Cock schonk nog eens in. Zijn keel was droog geworden. Bert Riggelink voelde aan zijn snor en keek hem aan.

'Toch begrijp ik het nog niet helemaal. Waarom kwam Felix de Beaumonde naar die parkeerplaats? Ik bedoel... hoe kwam hij tot een afspraak met mij?'
De Cock leunde behaaglijk achterover in zijn fauteuil.
'Ik doe niet graag bekentenissen. En ik zou je willen aanraden dat als politieman ook zo weinig mogelijk te doen. Maar ik heb je beloofd het te vertellen... ook al omdat je zo moedig was, die rol op je te nemen.' Hij bracht zijn handen naar voren, de vingertoppen tegen elkaar.
'Na het verhaal van Zwarte Jopie ontstond voor mij de brandende vraag: waarom maakte Rooie Bakker juist foto's van *die* travestiet. Er lopen er in een stad als Amsterdam tientallen rond. Hoe wist hij, dat foto's van juist die travestiet geld waard waren. Wie had hem getipt? Ik kreeg steeds meer het gevoel, dat in feite Rooie Bakker de sleutelfiguur in de hele affaire was. Hoe werkte hij? Ik heb mij daarover door Handige Henkie, die nog familie van hem is, volledig laten inlichten. Het bleek mij toen, dat Rooie Bakker de stof voor zijn chantage-praktijken veelal plukte uit de kringen van de zogenaamde mooie jongens... de gigolo's.'
Vledder kwam met een ruk naar voren.
'Estella had omgang met die knapen.'
'Inderdaad. Ze had zelfs een van die knapen, Robbie van der Waal, in haar huis aan de Keizersgracht een zolderkamer ter beschikking gesteld. Hij kon daar komen en gaan wanneer hij wilde. Felix was van het feit, dat het huis een extra bewoner had gekregen, volkomen onkundig. Estella hield hem volledig buiten haar privé-leven. Maar Felix bezocht nog regelmatig het huis aan de Keizersgracht. Hij opereerde vandaar. Estella was veel weg en tijdens haar afwezigheid voelde hij zich daar volkomen veilig. En zo kon het gebeuren, dat Robbie van der Waal ontdekte, dat Felix de Beaumonde wel eens in vrouwenkleding liep.'
Vledder knikte begrijpend.
'Robbie vertelde het aan Rooie Bakker en Rooie Bakker probeerde Felix daarmee te chanteren.'
De Cock glimlachte.
'Rooie Bakker kende de achtergronden niet. Hij wist vermoedelijk niet meer, dan dat Felix de Beaumonde over veel geld beschikte. Het was voor de Rooie een gok. Het verbaasde hem hooglijk, dat Felix bereid bleek veel geld voor de foto's te geven.'

Bert Riggelink kwam grinnikend overeind.
'Nu weet ik nog niet hoe ik aan mijn afspraak op het parkeerterrein kwam.'
De Cock wreef zich achter in de nek.
'Ik lokte een moord uit. Ik begreep, dat het uiterst moeilijk zou zijn om bewijzen tegen Felix de Beaumonde in handen te krijgen. Het enige wat ik kon doen, was hem ertoe te brengen opnieuw tot actie over te gaan.'
Vledder keek hem gespannen aan.
'Hoe?'
De Cock weifelde zichtbaar.
'Ik zocht Robbie van der Waal op, zette hem onder druk, en dicteerde hem een brief... een brief aan Felix de Beaumonde.'
'Wat voor een brief?'
De Cock nam een ferme slok van zijn cognac.
'Ik schreef... liet schrijven, dat hij, Robbie van der Waal, in het bezit was van de foto's, die Rooie Bakker had genomen en dat hij de achtergronden van de moorden kende. Ik liet hem ook schrijven, dat hij al diverse malen was benaderd door rechercheur De Cock van het bureau Warmoesstraat. Hij, Robbie, zo liet ik hem schrijven, had tot nu toe kunnen zwijgen, maar vreesde, dat hij op den duur niet tegen de druk van die rechercheur bestand zou zijn. Daarom wilde hij vluchten naar het buitenland. Als voorlopige onkosten dacht Robbie ongeveer honderdduizend gulden nodig te hebben. Het geld kon hem op elk uur en op elke plaats, die Felix schikte, worden uitbetaald.'
'Een valstrik.'
De Cock knikte traag.
'Ik liet Robbie van der Waal vertrekken uit Amsterdam en gaf de brief als afzend-adres een pand aan de Brouwersgracht in Amsterdam, waar een mij bevriende conciërge de scepter zwaait. Gistermorgen kwam daar het antwoord van Felix, compleet met een plattegrond van Amsterdam. Ik wilde absolute zekerheid. Er was mij alles aan gelegen, dat Felix op die brief van Robbie zou reageren. Voordat ik de brief postte, bracht ik een bezoek aan Felix de Beaumonde, in Blaricum, in zijn kapitale bungalow, die hij van zijn bloedgeld had overgehouden. Ik condoleerde hem met het verlies van zijn stiefmoeder en vertelde hem entre nous, dat ik de ware moordenaar spoedig zou vatten omdat ik greep had gekregen

op een jonge gigolo, die vroeger relaties met Estella onderhield.'
Fred Prins grinnikte.
'Een tikkeltje gluiperig.'
De Cock keek naar hem op.
'Chantage en moord... gluiperige misdrijven.'
Ze zwegen allen. Mevrouw De Cock serveerde nieuwe lekkernijen en bracht het gesprek op andere onderwerpen.
De affaire van 'het dodelijk akkoord' verdween naar de achtergrond. Het gesprek werd algemener, minder gespannen.
Toen laat in de avond het gehele gezelschap was verdwenen, zakte De Cock terug in zijn fauteuil.
'Ik geloof, dat ik een paar avonden vroeg naar bed ga. Het is nogal laat geworden de laatste dagen. Bovendien heb ik het gevoel, dat ik oud word.'
Zijn vrouw kwam bij hem zitten op de leuning van zijn fauteuil. Ze schudde haar hoofd en om haar lippen speelde een lieve glimlach.
'Jij, De Cock... jij blijft eeuwig jong.'

(43)

BAANTJER

De Cock en 't wassend kwaad

De Cock (met ceeooceekaa) houdt voor rechercheurs in opleiding, tussen de bedrijven door, wekelijks een praatje over zijn visie op het recherchewerk. In een opgewonden discussie citeert een van de studenten de regel van Joost van den Vondel: 'Men smoore 't wassend quaet bijtijds in zijn geboorte...'
De Cock denkt aan de vroegere woning van Vondel, een kousenwinkel.
In deze policier worden lijken gevonden van mensen die ogenschijnlijk allen zijn gewurgd met een panty. De lugubere vondsten stellen rechercheur De Cock en zijn assistent Vledder voor raadsels. Uiteindelijk legt hij het verband tussen de kous en de panty, niet wetend hoe dicht hij dan bij de oplossing van deze moorden is.

44

BAANTJER

De Cock en het roodzijden nachthemd

Een vrouw stuurt vanuit een ziekenhuis een ongewone brief aan rechercheur De Cock (met cee-oo-cee-ka). Hij besluit op haar uitnodiging in te gaan en neemt zijn rechterhand Vledder mee.
In het ziekenhuis worden zij op een onverwachte en onaangename wijze verrast. Een man met een grote snor is hen voor geweest: de vrouw is dood.
Dit incident leidt tot een op het eerste gezicht onontwarbare kluwen van misdaden, waarbij dode vrouwen in roodzijden nachthemden op een macabere wijze worden aangetroffen. Voor de twee rechercheurs een zaak die onoplosbaar lijkt.

(45)

BAANTJER

De Cock en moord bij maanlicht

In Amsterdam vestigt zich, in een pand van een voormalige drukkerij, de sekte *De Zoekers van Osiris*. Niet lang daarna wordt op de Kalkmarkt een psychiater geliquideerd. De sekte en de moord lijken met elkaar te maken te hebben. Althans, rechercheur De Cock (met ceeooceekaa) en zijn assistent Vledder worden in die denkrichting geduwd. Zéér tegen de wens van De Cock in, wordt de BVD (Binnenlandse Veiligheids Dienst) bij de zaak van de psychiater betrokken. Waarom? De psychiater had ministers onder zijn patiënten...
Het wordt een ingewikkelde kwestie, die Vledder doet opmerken: 'Waarom raken wij altijd in van die bizarre zaken verwikkeld?'

De volgende boeken van Baantjer zijn bij de Fontein verschenen:

1	1963	De Cock en een strop voor Bobby
2	1965	De Cock en de wurger op zondag
3	1965	De Cock en het lijk in de kerstnacht
4	1967	De Cock en de moord op Anna Bentveld
5	1967	De Cock en het sombere naakt
6	1968	De Cock en de dode harlekijn
7	1969	De Cock en de treurende kater
8	1970	De Cock en de ontgoochelde dode
9	1971	De Cock en de zorgvuldige moordenaar
10	1972	De Cock en de romance in moord
11	1972	De Cock en de stervende wandelaar
12	1973	De Cock en het lijk aan de kerkmuur
13	1974	De Cock en de dansende dood
14	1978	De Cock en de naakte juffer
15	1979	De Cock en de broeders van de zachte dood
16	1980	De Cock en het dodelijk akkoord
17	1981	De Cock en de moord in seance
18	1982	De Cock en de moord in extase
19	1982	De Cock en de smekende dood
20	1983	De Cock en de ganzen van de dood
21	1983	De Cock en de moord op melodie
22	1984	De Cock en de dood van een clown
23	1984	De Cock en een variant op moord
24	1985	De Cock en moord op termijn
25	1985	De Cock en moord op de Bloedberg
26	1986	De Cock en de dode minnaars
27	1987	De Cock en het masker van de dood
28	1987	De Cock en het lijk op retour
29	1988	De Cock en moord in brons
30	1988	De Cock en een dodelijke dreiging
31	1989	De Cock en moord eerste klasse
32	1989	De Cock en de bloedwraak
33	1990	De Cock en moord à la carte
34	1990	De Cock en moord in beeld
35	1991	De Cock en danse macabre
36	1992	De Cock en een duivels komplot
37	1992	De Cock en de ontluisterende dood
38	1992	De Cock en het duel in de nacht
39	1993	De Cock en de dood van een profeet
40	1993	De Cock en kogels voor een bruid
41	1994	De Cock en de dode meesters
42	1994	De Cock en de sluimerende dood
43	1995	De Cock en 't wassend kwaad
44	1995	De Cock en het roodzijden nachthemd
45	1996	De Cock en moord bij maanlicht
46	1996	De Cock en de geur van rottend hout
47	1997	De Cock en een dodelijk rendez-vous
48	1997	De Cock en tranen aan de Leie
49	1998	De Cock en het lijk op drift
50	1998	De Cock en de onsterfelijke dood
51	1999	De Cock en de dood in antiek
52	1999	De Cock en een deal met de duivel
53	2000	De Cock en dood door hamerslag

Andere titels van Baantjer:
Rechercheur Versteegh en de dertien katten
Misdaad in het verleden
Een Amsterdamse rechercheur
Rechercheur Baantjer van Bureau Warmoesstraat vertelt, deel 1 t/m 10

Verkrijgbaar bij de boekhandel